中公文庫

世界カフェ紀行

５分で巡る50の想い出

中央公論新社 編

中央公論新社

目次

イラスト・北澤平祐

世界カフェ紀行

5分で巡る50の想い出

まえがき

中条省平

本書に集められた無類に楽しいエッセーは、東京・渋谷にあるカフェ「ドゥ マゴ パリ」を出発点としています。

一九八九年、東急百貨店に隣接する複合文化施設 Bunkamura の地下に、パリで最も有名なカフェのひとつ、サン＝ジェルマン＝デ＝プレ地区にある「ドゥ マゴ」の業務提携店がオープンしました。それが渋谷の「ドゥ マゴ パリ」です。

サン＝ジェルマン＝デ＝プレの「ドゥ マゴ」はただのカフェというよ

り、十九世紀以来、バルザックやピカソやヘミングウェイやサルトルやカミュが好んで通った活発な文化的拠点として名高く、「ドゥ マゴ文学賞」という著名な文学賞まで運営しています。

日本にもそれに匹敵するような文化的拠点としてのカフェを作ることが目的でした。パリの本家と提携して日本の「ドゥ マゴ パリ」は「Bunkamura ドゥ マゴ文学賞」も創設し、多くの名だたる受賞者を輩出することになります。

また、カフェの宣伝の一環として、お洒落なフリーペーパー『ドゥ マゴ通信』も創刊され、そこには毎号、日本を代表する作家や評論家やアーティストが世界のカフェの魅力を綴ったエッセーを発表し、大きな人気を博しました。

本書は、その世界のカフェをめぐるエッセーをより抜いて編んだ書物です。

それにしても、いつも真面目に難しい問題に取りくんでいるはずの作家や評論家たちが、ここではまるで子供みたいに、世界のカフェの楽しさ、面白さを競いあうように語っています。それがいや味な自慢にならないのは、みんなが幼児的な天真爛漫さでカフェを愛しているからです。

辻邦生は、本書のエッセーで、パリのカフェで時を過ごすと人生の肯定感を骨の髄まで感じる、と語っています。本書に集まった人々は、みんなその気持ちを、それぞれの好きなカフェについて、それぞれの魅力的な言葉で熱烈に語っているのです。その言葉を読めば、私たちもただちに自分の好きなカフェに行きたくなることでしょう。

1　想い出せないカフェ

野田秀樹

ロンドンでは、シャーロック・ホームズさんのベイカー街から横道に入ったフラットに住んでいた。いい所ではあったけれど、目の前のカフェは、コーヒーもまずく、時たま朝食など頼むと、許しがたいトマトと、耐えがたい塩辛さのベーコンがでてきた。「おいしいか?」ときかれるので、いつも「とてもおいしい」と答えていた。それが皮肉にきこえないあいつらは立派だった。このカフェなどは、「想い出のカフェ」というより、「想い出してしまうカフェ」である。

ロンドンの芝居友達は、稽古の昼休みに、「いいところがある」と言ってはいろんなカフェに連れていってくれた。稽古場が、サドラーズウェルズ劇場の稽古場から、ハイベリー＆イズリントンの駅前の教会の一室、あるいはホルボーンの演劇センターの稽古場と、移り変わるたびにいろんなカフェに連れていかれた。

不思議なくらい、どこもうまくなかった。コーヒーだって似たりよったりのまずさだった。それでも悪い印象はない。カフェにいても芝居の話をしているから、なんだかそういうことはどうでもよくなる。必ず誰かが、パンの上に豆をのせて食っていたのを覚えている。「うまいのか」ときくと、必ず「悪いことはいわない。一度食ってみな」と言われる。食うとやはりまずい。これらは「想い出のカフェ」ではなくて、「想い出のカフェのパンの上の豆」である。

ロンドンの名誉のために言っておくと、いいカフェもあった。メリルボン・ハイストリートにある「パティスリー・バレリー」には、日曜日に新聞を持ってよくでかけた。他と違って、うまい。きれい。少し高い。だが、その名を見ればわかるとおり、フランス系のカフェである。ロンドンのカフェの名誉にはならない。

田園の景色が悠々と眺められるカフェもあった。六月の緑と風に稽古後の汗がいやされた。だが、よくよく思い出すと、そのカフェはロンドンではなくて、ケンドゥーという古城の町にあった。これまたロンドンのカフェの名誉にはならない。

リバーサイド・スタジオの楽屋のテラスに、近所のカフェからコーヒーを持ちこんで、テムズ川のボート競争を見たこともある。光が柔らかく、テムズを呑んで、テムズを食った。最高であった。自分達でテラスにつくった俄《にわ》かカフェが最高だというのも、なんともロンドンのカフェにとって名誉なことではない。

こうしてみると、「想い出のカフェ」と呼ぶにふさわしいロンドンのカフェを想い出せない。想い出せないからといって無いわけではない。そうだ。ロンドンの「想い出のカフェ」なんかよりも、ロンドンの「想い出せないカフェ」の方が、いとおしい響きがする。ただ、想い出せないカフェについて、なにか書こうとしても、いかんせん想い出せないから書きようがないだけだ。万一、想い出せたとしても、その時からもう「想い出せないカフェ」ではなくなってしまう。想い出したものかどうしたものか思案するためにカフェに行こう。

のだ・ひでき（一九五五〜）劇作家、演出家、役者。代表作に『THE BEE』『「Q」：A Night At The Kabuki』『フェイクスピア』など。

2　オックスフォードのカフェ

富士川義之

かつてオックスフォードで一年間暮していたおりのこと。街の中心部にある屋根付きのマーケットのなかにある小ぢんまりしたカフェが気に入って、気が向いたときによく立ち寄ったものである。

とくにわたしが好んだのは、ここで遅い朝食をとることだった。定番はローストビーフ・サンドイッチとコーン・スープとコーヒー。薄暗くて、壁には汚れやしみの目につく、いつもすえたような臭いの漂うこのカフェは、お世辞にも洒落たモダンなカフェとは言えないが、いつ行っても客でいっぱいだった。

いろいろな人たちがいる。これから講義に出かけるところなのか、黒いガウンを着た教授が老眼鏡をかけて『タイムズ』紙を読んでいる。一晩中、コレッジの舞踏会で踊り明かしたのであろう、しわしわになったタキシードとロングドレス姿の若い男女が、眠そうな眼つきでベーコンエッグを食べている。トラックかバスの運転手らしいパキスタン人が仕事に出かける前にお茶を飲みながら一服している。大学か事務所あたりで下働きでもしているのであろうか、ペイズリーのスカーフをした疲れた表情の中年女が一人でトーストを食べている。リュックサックをテーブルの周りに置いたまま、数人の若いヒッチハイカーたちがドイツ語でさかんに喋っている。窓際に座った白髪混じりのアメリカ人観光客夫妻が、窓の外を指さしながら何やら叫んでいる……。

オックスフォード観光案内書によると、このカフェ「ジョージ」はオックスフォードで最も興味深い人たちが来ることで知られているという。「興味深い人たち」というのが、どういう人たちのことを指すのか必ずしも分明ではないが、クライスト・チャーチに住んだ最晩年のW・H・オーデンがこのカフェで学生たちとよく談笑していたという。

ともかくわたしの知るかぎり、オックスフォードで、ここほど階級や人種や年齢の区別なく、いろんな種類の人たちが気軽に立ち寄るカフェはないと思う。オックスフォードと言えば、ともすると乙《おつ》にすました格式高い大学都市というイメージで思い描かれがちだが、もちろんそうした特性があることは確かであるにしろ、オックスフォードの本質はむしろ雑種性というか、良く言えば一種コスモポリタンな多様性にあるのではないかと感じないではいられない。他のカフェやレストランがかなり強い排他性を見せつけているだけに余計「ジョージ」の雑然とした気取らない魅力が目につくのである。

濃いコーヒーを飲み、大きなサンドイッチをほおばりながらそんなことを考えているうちに、このカフェは次第にいわばオックスフォードのミニアチュアのように見えて来るのだった。そして慣れないうちは思わず鼻をつままずにはいられぬ肉屋の強烈な臭いがぷーんとあたりに漂い、喧騒の立ちこめるマーケットのすぐ隣りに古いコレッジが立ち並んでいるという、町と大学との関係に思いを馳せるのだ。

ふじかわ・よしゆき（一九三八〜）英文学者。評論家。著書に『風景の詩学』『ある文人学者の肖像　評伝・富士川英郎』など。

3　テムズの光に煙るパブ

河村錠一郎

イギリスにだってうまいコーヒーはある。しゃれたカフェもないわけではない。オスカー・ワイルドが仲間を引き連れてウィットにあふれた会話を楽しんだあの有名なカフェ・ロイヤルは、ピカデリー広場のホテルに変身していまなお健在だ。ワイルドが美青年ボウジーと最後の夜を過ごしたサボイ・ホテル同様、格式が高そうで、入りづらい（実際はどうってことはないのだが）。しかし、イギリス的風景としては、カフェよりパブをあげるべきだろう。そこで今回はロンドンのパブの一端をご紹介しよう。

　私がロンドンへ行くとかならず立ち寄るパブが一軒ある。都心から地下鉄で二十分と少々、さらに歩いて十数分だから、立ち寄るというよりわざわざ行くといったほうが正しい。下車駅はハマースミス。パブの名前は「ジ・オールド・シップ」。天気のいい日を選び、一度は日のあるうちに行くべきだ。昼間ならビール片手にランチを取ることもできるし、食後のコーヒーもある。対岸の緑を眺め、水に反映する光を楽しみ、ビールをぐっと呷《あお》ると、もう最高の気分。装飾は船づくしで、舵だの帆だの磁石だの、さまざまな時代物の航海グッズで埋まっている。どれも出しゃばって見えないところが、骨董品の扱いに年季の入ったイギリスらしい。町なかのパブと違って、店内はかなりゆったりしている。

　このパブは十数年前、「今年のパブ」に選ばれたところだ。「今年の芝居」とか「今年の村」とか、イギリスはその年々のベストを選ぶのが好きな国だが、選ばれたミュージカルがその後十年も二十年もロングランを続けるように、なにもその年だけベストというわけではない。ただし、私がここへ初めて行ったのは、その情報を聞きつけたからではない。この近くに一夏下宿したことがあり、美しい河べりを散歩していて偶然発見したのである。そう、このパブはアプローチが抜群にいいのだ。

地下鉄を降り、ハマースミス橋（とても見映えのいい橋だ）のたもとから岸辺の散歩道（アッパー・モール）へ降りる。道は河にそったり、岸辺の家の裏側をまわったりでストレートではない。河辺のもう一軒の小さなパブ「鳩」を過ぎて道は河岸へ出、上流へ向かってまもなく「ケルムスコット・ハウス」の前へでる。ウィリアム・モリスが居を構え、タピストリーのデザインと製作に没頭したところだ。「目の前に河があって裏に庭があるというのはすごく恵まれている……［近所には］いくつか庭があってどれもすごく綺麗」と、モリスは購入前に下見に来た結果を夫人に報告している。このあたりまで来ると、テムズの水に煙る光もさわやかで、国会議事堂あたりを流れるテムズとは表情が大違いだ。そして、道はそのまま「ジ・オールド・シップ」のテラスへ到る。イギリスで飲むビールは、日米スタイルのぐっと冷やしたラーガーより、地下の冷気に寝かしただけのビターがいい。ビターは、まさしくイギリスのお茶、パブはまさしくイギリスのカフェである。

かわむら・じょういちろう（一九三六〜）イギリス文学・美術、比較芸術学者。一橋大学名誉教授。著書に『イギリスの美、日本の美　ラファエル前派と漱石、ビアズリーと北斎』など。

4　どぜう*FISH*

鈴木清順

老いは食を細くするからがさ張る異国では連れ合いと二人一品で充分でそれを言うと有難いことに一人前を半分宛《ずつ》一人前の皿にきれいにとり分けて呉れこれが四人五人の寄合いになると夫々《それぞれ》の注文料理を夫々が一人占めする必要はなく味は二口三口で充分だから以前から活動屋の仲間うちでは和食でも銘々の料理を中国風に皿まわしする習慣で今度倫敦《ロンドン》でやってみたら初め異人はとんでもないと顔を顰《しか》めて見せたが直ぐ慣れて並んだ昼の料理が

SMOKED SALMON PLATTER with red peppercorn and dill cream
TRADITIONAL FISH AND CHIPS with minted pea puree
POTATO PANCAKE with warm smoked salmon and dill
SLOW COOKED LAMB SHANK with flageolet beans, rosemary jus and garlic mash
RIB EYE STEAK AND CHIPS

横文字の字面で分《わか》るのは舌代の魚と肉の腑分けぐらいで異国の肉は硬派で不味いから遠慮勝で単刀直入魚とゆくが鯛鮪鱸などなどの区分は日本語に堪能な異人も流石《さすが》魚の翻訳には閉口垂れ気味でもともと倫敦の味は信用しないと言うのも四年前ここで平目料理が二十数種類あると言う高級店で同好四人が気負って五種類の平目を注文し味見すれば味は一いろでいくら突つき廻しても一いろで開いた口が塞がらぬまま一人がこれだ　何だ　舌つづみと腹つづみの鼓の打つ違いで日本中国伊太利仏蘭西に料理はあるが英

利西にそれはなく見つけ次第手当り次第腹の足しが喰い物分った　何が英利西の嘗《かつ》ての世界制覇の因《よ》って来《きた》る素は味は二の次味覚音痴の動物的喰い物主義と見つけたからここでの味云々は野暮っちい陽の沈むことなき大英帝国だぞ　で納得づくめでシュンと言う次第で出たとこ勝負の*FISH AND CHIPS*の賽《さい》の目は鱈の衣揚げで歴史的に労務者の喰い物と憐れを誘う知的英紳士の言に目を剝くといやいや最近は馬狗怒鳴土《マクドナルド》の半馬加《ハンバーガー》がとって代り鱈は相場をぐんと上げ料理屋の献立にも載る顚末が日本のどぜうに飛んでどぜうよどぜうあぶくを吹いて土方馬方どんぶり地下足袋色足袋前掛割烹着の喰い物であったことお忘れかと窓の外は泰晤士《テムズ》川に非ず隅田川でやっちゃ場を通り抜け割下水の角の一膳飯屋の看板があさひる七銭よる十二銭がぎりちょんの昔に返って英利西でのどぜう探しは

　格拉斯哥《グラスゴー》は雨だった

市庁舎の光が届かぬ薄暗い小路の世紀末装飾の店でどぜう*FISH*そして

AND CHIPS と言い添えたは料理に非ず喰い物の強調で安来節のどぜうのぬめぬめを身振りで示すが糠に釘

愛蘭土《アイルランド》の都伯林《ダブリン》は晴れていた

勿論ここの目当は杵栖《ギネス》の黒麦酒《ビール》を伝統的な居酒屋で呑むことでその店は乗合自動車通り裏にある「鹿の首亭」で壜棚から鹿の大首が突き出ていて絵硝子が嵌り前部屋の奥の扉を開けると狭い廊下の奥に又扉があり開けると満員で煙草の煙りで仕方なく入口旁の小さな丸卓子で早速どぜう *FISH* を言うと何をとち狂ったか大学通りを突き抜けた店を地図にまで書いて呉れたから行くと皮狭《ピザ》の店で成程どぜう皮狭は日本にはないと一人合点しどぜうどぜうと気も狂わんばかり叫ぶが埒あかず諦め店を出た眼の前が馬狗怒鳴土の半馬加　麦酒の酔心地と腹ぺこで遂に日本系英利西人となるが老の一徹今後もどぜう *FISH* で押し通し押しまくる　よ

すずき・せいじゅん（一九二三～二〇一七）映画監督。代表作に『肉体の門』『ツィゴイネルワイゼン』など。

5　「ビューリーズ」のオリエンタルな気分

鶴岡真弓

ダブリンはとても小さな都市である。リフィー河に架かる、独立運動家の名を付けたオコンネル橋を基点にしてみると、『ケルズの書』のあるトリニティー・カレッジやＯ・ワイルドの生まれたメリオン広場、ケルトの至宝を集める国立博物館、それにＪ・スウィフトの眠る聖パトリック寺院、ダブリン市民の憩いの公園セント・スティーヴンス・グリーンなど、だいたいの名所は半径二キロ以内に収まってしまう。そしてこれらの歴史的名所はすべてリフィー河の南にある。

ダブリンの人たちはこの〝リフィーの南〟に住むことを、今でもちょっとしたステイタスだと感じている（ちなみに映画『ザ・コミットメンツ』のなかでアイリッシュ・ソウルをパワフルに演《や》るあの若者たちが、リフィーの「北」の住人であるのはひとつの隠喩なのだ）。

さて、ダブリン一の歴史とステイタスを誇るカフェ「ビューリーズ」の本店も、リフィーの南一番の場所にある。トリニティー・カレッジとセント・スティーヴンス・グリーンを繋ぐダブリンの銀座、グラフトン通りのまん中、エジプト・リヴァイヴァルとアール・デコ様式を折衷したエキゾティックな店構えだ。一九二五年の設計は当時の「ヨーロッパの最後の威光」を映し出している。

この店の正式名称は「ビューリーズ・オリエンタル・カフェ」。今世紀初頭まで続いた西洋《ヨーロッパ》による東方ないし東洋への進出とそれへの憧れとが、店の名と雰囲気に漂う。

　ビューリー家はフランス人の血筋をもち、遥か中世の時代に北イギリスにいた名門で、十八世紀初頭にアイルランドに渡り、貿易商として財を成した東方貿易の成功者であった。一八三三年以降イギリスの東インド会社の独占体制が崩れたあと、中国産（インド産ではない）茶を直接ダブリンに輸入しビジネスを拡大した。当時のロンドンの新聞『ベルズ・ライフ・イン・ロンドン』（一八三五年三月一日）は、中国茶を積んだ船がビューリーの力によって初めてアイルランドに到着したと大々的に報じている。「ビューリーズ・オリエンタル・カフェ」の名称は、このファミリーの勲章として伝説化した。今も店の最上階には「ミュージアム」があって、彼らの東方進出の栄光の跡をしるす品々が展示されている。

　ビューリーズの赤いソファに座り、お茶やアイリッシュ・コーヒーとスコーンを楽しんで、帰り際に入口近くにずらりと並ぶオリジナルブレンドの「レディー・グラフトン・ティー」の一缶を買うと、私も「オリエンタルな」気分になれる。ダブリン市民は、それが、心地よい優越の感情、あるいはくすぐりであることを知っている。しかもそのくすぐりの表と裏を。

西洋のなかに紛れもなく在りながら、アイルランド、ダブリンは西洋《イギリス》に支配されてきた。被支配の哀しみを知るダブリンの人々は、ビューリーズが残してくれた西洋の優越を黙して受け入れ、いまの平和をお茶とともに愉しむのである。

つるおか・まゆみ（一九五二〜）芸術文明史家・ケルト芸術文化研究家。多摩美術大学名誉教授、同美術館館長、同芸術人類学研究所所長を歴任。主書に『ケルト 再生の思想』『ケルト／装飾的思考』『ケルトの想像力』『図説ケルトの歴史』（共著）、訳書に『ケルズの書』など。

6　北欧カフェ事情

三木宮彦

北欧の街角で、ふいにカフェへ入りたくなったとする。

空気が乾燥しているので、よくのどが渇くんだな、これが。

しかし、たぶん探しまわっても無駄だろう。なぜなら、もともと北欧にはカフェなるシロモノは存在していなかったのだから。

でも渇き死にの目にあうことはない。コーヒーでも紅茶でも、なんならビールだって飲める。そう、*konditori* へ入ればいいのだ。コンディトーリつまりお菓子屋が、ほぼカフェと同じ社会的機能を果たしているのである。

ただし、コンディトーリに美人のウエートレスや小粋なギャルソンを期待してはならない。完全セルフサービスで、おまけに食器類は自分で洗い場行きのラックへ納めて帰らねばならない。

まあ、味もそっけもないものだが、急ぐ時は便利だし、オープンサンドや一品料理もおいてあるから食事もできる。それに、従業員がほとんどいないので、長時間ねばっても白い眼で見られる心配もない。実は近年北欧でもカフェという看板が眼につき始めているのだが、サービス内容は大してコンディトーリと変わりないので、あえて最初からご安心いただかなかったのである。

ふしぎなことに、ファーストフード・ショップはあまり見かけない。コンディトーリだって似たようなもんだとわれらガイジンは思うのだが、土地の人は「あれは食事を楽しむ場ではない」と顔をしかめる。つまりアメリカ文化への屈折した反応のひとつなのだ。ショップ側も妙にいじけていて、日本みたいにおおらかに採算性丸出しの店は少なく、複製でない絵の一枚くらいは壁にさりげなく掛けてある。もっとも、ヤング諸君はそんなものには眼もくれず、バーガーにかぶりつく。

北欧人が日本へ来て驚くのは、純粋にコーヒーを飲むためだけのカフェがどこにもあること、どの店もコーヒーの種類が多いこと、お値段が高いことである。北欧では、マグカップに近い大きさで二五〇円前後。その代わり、コーヒーのお味は単なるコーヒー。一般家庭でも食生活はわりと質素で、毎日のコーヒーも、凝る人は徹底的に凝るが、ふつうは誰でもインスタントである。

味に特色がなくとも、決め手は雰囲気だ。

ぼくの好みでは、コペンハーゲン郊外にある近代美術館ルイシアナの食堂がいい。造りがサンルームみたいで、海峡も見おろせる。一九七〇年代初めという時期に、テーブルの上に醤油の小瓶を発見して感激したのもここであった。ただし、開館時間中だけの利用というのが玉にきずだ。

由緒が好きな人には、オスロ市内のグラン・カフェがいいだろう。これはグランド・ホテルの一部だからサービスも一級レストラン並みだし、それにあの劇作家イプセンがいつもすわっていた席もあって誰でも勝手にすわっていいのは気持ちがいい。ただし偶然「イプセンって誰？」などとぬかすような観光客に占領されていることがよくあるから、「失礼ですが五分間だけ、私もその歴史的な席へすわらせてください」と頼む勇気が要るのが玉にきずである。

玉にきずと言えば、北欧にはコーヒーのポット・サービスが滅多にない。昔は客席の真中にコーヒー・サーバーがドッカとおいてあって、それは「おかわり自由」のサインだったのだが、今やサーバーはレジの隣に引越している。自由かどうかたずねるのも、これまた勇気が要るのである。

みき・みやひこ（一九三三〜二〇〇六）映画評論家。著書に『ベルイマンを読む』『ジャンヌを旅する』など。

7　パリのカフェの魅惑

辻　邦生

いま私の住んでいるデカルト街の家の隣は詩人ヴェルレーヌが死んだ家で、当時はホテルだった。その後、ヘミングウェイが住んだことがあり、『移動祝祭日』の冒頭の「サン・ミシェル広場の良いカフェ」のなかに、そのことが出てくる。

この短篇集は一種のパリへの讃歌で、三十年前に留学生として暮した頃から座右の書だった。ヘミングウェイの有名な言葉「もし、きみが、幸運にも、青年時代にパリに住んだとすれば、きみが残りの人生をどこで過そうとも、パリはきみについてまわる。なぜならパリは移動祝祭日だからだ」は、いまも、私のなかに生きている。コントレスカルプ広場やムフタール街の界隈《カルチエ》にずっと住んでいるのも、結局はヘミングウェイに読みふけった後遺症であるかもしれない。

　パリのカフェのよさを教えられたのも『日はまた昇る』などだった。というのも、パリのカフェが、異国人《エトランジェ》にとって、心から寛《くつろ》げる自由な空間であるとともに、生きる幸福を痛切に感じさせる場所であることを、この作家ほど、率直に書いた人はないからだ。

　パリのカフェは二つの顔を持つ。一つは日常生活のなかに組み込まれた場所としての顔だ。早朝、職場に出かける前に、労働者がカウンターに立って白ワインを飲みながらお喋りをする姿など、パリの裏町のカフェでしか見られない。昼は昼で、界隈《カルチエ》の顔見知りが集ってアペリチーフを飲み、サッカーや政治の話をする。夕方、買物帰りの主婦がペルノなどを引っかけているのも、パリの懐しい情緒だ。パリに長いこと住みつくとは、界隈《カルチエ》のカフェの常連と顔馴染《なじみ》になることだ。その頃になると、カルティエ・ラタンなり、モンパルナスなり、モンマルトルなりの街の表情がおのずと呑みこめてくる。個人主義的なフランス人が、庶民レベルでは、心の温かい、向う三軒両隣の住人なのだと納得できるのもこうしたカフェの定連になってからである。

パリのカフェのもう一つの顔は、ドゥマゴやドームやフーケツのような華麗な自由の場所としてのそれだ。ロンドンにもローマにもカフェがあるのに、パリのカフェは坐ってぼんやり時を過ごすだけで、たまらない幸福感が身を浸す。それはパリには強烈な自由があるからだ。

モンパルナスに住んだ頃、よくドームにいって長いこと時間を過ごしたが、そこにいると、一人一人が独立していて、各人勝手だ、という気持を強く感じた。そして自分はいまのままで最高なのだ、と思えてくる。すると、その途端、胸いっぱいに嬉しさがこみあげ、みるみる全身に自信と力が漲《みなぎ》ってくるのだ。

テラスから街を眺めても、道ゆく人が人生のドラマの演技者に見える。浮浪者は浮浪者で、紳士は紳士で、それぞれにいいのだ。「人生は素晴しい」という強い肯定感を私はパリで骨の髄まで教えられたが、もしそれが私の生きる力の一つだとすれば、ヘミングウェイの言うようにパリはやはり移動祝祭日なのかもしれない。

つじ・くにお（一九二五〜一九九九）作家。著書に『廻廊にて』『背教者ユリアヌス』『西行花伝』など。

8　カフェのパンとヨーロッパの湿度の危険な関係

中条省平

フランスで生活してだれもが気づくことのひとつに、パンのうまさがある。わが国で「フランスパン」と呼びならわして食べている物質には、そのうまさが欠けている。べつに、どこそこのパン屋のなになにがうまい、といった類のグルメ話ではない。街のごく普通のパン屋の、できたてのパンの味と香りと歯触りがぜんぜん違うのである。家に持ち帰るまえに、歩きながらパンの端をちぎってむしゃむしゃやっている大人をよく見かけるが、その気持はよくわかる。

ただし、これは朝・昼・晩と三度三度行きつけのパン屋に出向いてパンを買ってくる健全な市民にのみ許された快楽である。時間がたつと、パンの味は急速に低下する。筆者は、彼の地で不規則のきわみの独身生活を送っていたから、健全な市民に許されたパンの快楽を味わう機会はそう多くはなかった。この手の、自炊も滅多にしないような人間は食事をどうするのか。カフェに赴くのである。

フランスのカフェは簡単なレストランを兼業しているのが普通だ。本格的なレストランは、昼に二、三時間開いて、夜は八時から、といった具合に営業時間を限定しているし、人数も二人以上でないと入りにくい。その点、カフェならば時間も自由だし、一人で入るのに遠慮もいらない。なかには、たかがカフェというにはかなりしっかりした食事を出すところもある。しかし残念なのは、たいていパンがまずいことである。出来あがってから時間がたって固くなっているからだ。ときには、昼食のときに消費され切らなかったパンが夕食時まで命永らえていることがあって（このあたりが本格的なレストランと違う）、こういうときは本当に悲しい。へたをすれば、怪我（！）をしかねないのである。

ヨーロッパの湿度は低い。日本製の木製品が歪んだり、割れてしまった、などという話を聞く。水分を吸いとられてかなり縮むのである。南仏にいたとき、毎朝髪を洗っていたが、小さなタオルで一度拭くだけで乾いてしまった。それくらいの湿度の低さだから、洗濯物だって室内で一晩で乾いてしまう。しかし問題もあって、肌がかさつきやすい。冬などは唇がひどく傷つきやすくなる。食べ物の湿り気も奪われる。いちばん困るのは、パンがかちかちになってしまうことだ。カフェのパンに起こりがちな、このパン皮の岩石的角質化に気づかずに安易に大口でかぶりついたりすると、それでなくとも傷つきやすくなっている唇が割れてしまうのである。パン皮のかけらが楔《くさび》のように歯茎に突き刺さることもある。このカフェのパンとヨーロッパの湿度の相関関係に無知な旅行者が、口元を血だらけにしているのをしばしば目撃したものだ（ちょっと大げさ）。

ダリの絵に『パンかご』など、超リアリズムでパンを描いた作品がいくつかあるが、それらのタブローを見るとき、パリのカフェでときおり遭遇した感動的なまでに固いパンの歯ごたえを思いだす。あの荒涼として攻撃的な物質感は、高温多湿の日本のやわなフランスパンには絶対に感じられないものなのである。

ちゅうじょう・しょうへい（一九五四〜）フランス文学者、映画論研究者。学習院大学教授。著書に『最後のロマン主義者』『反＝近代文学史』『決定版！　フランス映画２００選』など。

9　ロメール映画のカフェ

鈴木布美子

パリという都市に、ロンドンともニューヨークとも東京とも違う表情を与えているのは、街中のいたるところに点在するカフェのたたずまいだろう。パリの人々は毎日の生活のなかにちょっとしたアクセントをもたらす憩いの空間として、あるいは自由な社交の場としてカフェを利用する。

エリック・ロメールは、そうしたパリのカフェの日常風景を映画のなかに巧みに取り入れている。長編デビュー作の『獅子座』は、「カフェの映画」と呼んでもいい作品だった。主人公はサンジェルマン・デ・プレでボヘミアン生活を送るアメリカ人の貧乏作曲家。ヴァカンス前の六月末、伯母の莫大な遺産が転がり込むと知った彼は、サンジェルマン大通りとレンヌ街の角にあるカフェで、仲間と前祝いパーティの話で盛り上がる。現存しないこのカフェから見て、サンジェルマン大通りをはさんで向い側に位置するのが「ドゥマゴ」である。遺産を貰い損ねたうえに、金を貸してくれる友人たちもヴァカンスで不在という不運に見舞われた主人公は、ホームレス同然の生活を送ることになるのだが、その彼が友人たちにたまたま「発見」されるのは、この名高いカフェのテラス前の路上でのことだ。過ぎゆく夏を惜しむように、夜のテラスでひとときを過ごす人々。おそらくロメールには、「ドゥマゴ」らしい華やいだ雰囲気によって、主人公の惨めな状況をいっそう際だたせる狙いがあったのではないだろうか。このほかにも「ドゥマゴ」のすぐ近くにある「フロール」や「ボナパルト」、右岸の「カフェ・ド・ラ・ペ」など、この映画にはいくつもの有名カフェが登場する。

けれどもロメールの作品全体で印象に残るのは、そうした有名な店よりも、パリのどこにでもありそうな普通のカフェのシーンだ。例えば『愛の昼下がり』に出てきたサン・トーギュスタン広場のカフェ。それから今は亡きパスカル・オジエが主演した『満月の夜』も忘れがたい。この映画のなかでオジエが演じるヒロインのルイーズは、サン・ミッシェル広場に面した「オ・デパール」というカフェで、そこに居るはずのない恋人の姿を目撃する。さらに彼女が男友達のオクターヴに会うカフェは、地下鉄のオーベール駅の構内にある。

『獅子座』にしても『満月の夜』にしても、ロメールはドラマの節目ごとに、リアルなカフェのシーンを使っている。ロメールのカフェ。それは何よりもまず、人と人とが出会い、言葉による豊かなコミュニケーションを実践する場所ではないだろうか。だからこそ『満月の夜』でひとり深夜のカフェに入ったルイーズは、隣の席の見知らぬ画家と言葉を交わさずにはいられないのだ。そういえば『木と市長と文化会館』でも、「ブラッスリー・リップ」のテーブルで熱心に政治談義を続けるふたりの中年男のシーンがドラマの導入部となっていた。饒舌な台詞のやりとりとともに聞こえてくる、あたりの賑やかなざわめき。そのなかに浸るうちに、ロメールのパリは私の記憶のなかの街並みと直結していた。

すずき・ふみこ（一九五九〜）ライター。主に建築、美術の分野で原稿を執筆。建築関係の展覧会の企画も手掛けている。

10　フルコースとサンドイッチ

岸田　秀

三十年あまり昔、三年足らずフランスはアルザスのストラスブールに住んでいたが、いちばんよく行ったカフェと言えば、ヴィクトワールであった。コーヒーやビールなどの軽い飲み物とサンドイッチ（日本にあるイギリス式のサンドイッチと違って、フランスパンを縦に割《さ》いてソーセージやレタスなどをはさんだもの）ぐらいしか出さない、十数人入るといっぱいになる狭い店である。なぜヴィクトワールという名かというと、理由は簡単で、ヴィクトワール通りにあるからで、そして、この通りがなぜヴィクトワールという名かというと、その理由も簡単で、一九四四年十一月、ドゴール麾下《きか》のルクレール将軍がこの町をドイツ軍から奪い返したとき、彼の戦車隊がこの通りを行進して勝利（*victoire*）を祝ったからである。この通りを東へぶらぶら歩くと小一時間ぐらいでライン河に突き当たり、橋を渡ると、そこはケールというドイツの町であった。

　実際、この通りからちょっと外れたところのアパートの二階にいたこともあって、この通りをぶらぶら歩いて何度もドイツへ行った。なぜ歩いたかというと、バス賃が惜しかったからである。なぜドイツへ度々行ったかというと、ドイツのほうが国際郵便代をはじめ、物価が安かったからである。何しろ、フランス政府から毎月もらう四三〇フラン（途中で四八〇フランに増額された。現在は一フラン二十円足らずのようだが、当時は、六、七十円で、まあ三万円ぐらいか）だけで暮らしていたので、猛烈に貧乏だったし、逆に時間はたっぷりあった。バス賃を倹約するために一時間ぐらい歩くのは何でもなかった。

話は横道に逸れてしまったが、ヴィクトワールに話を戻すと、この店へよく行ったのは、ガリアという大学食堂の近くにあるからであった。大学食堂は政府の援助で経営されていて、前菜からメイン・ディッシュを経てデザートまで一応フルコースが揃っていた。昼間からワインやビールもおいてあった（これは別料金だが）。それで一食一フラン二十サンチーム（百円ぐらい）であった。ところが、唯一不便な点は昼食時間が正午から午後二時までに限られていたことであった。わたしは朝寝坊がひどく、アパートから歩いて数分なのに、しょっちゅう午後二時という時間に間に合わなかった。街のレストランでフルコースなんか食べると、安いところでも十フランは取られる。しかし、夕方にまた大学食堂が開くまで断食というわけにもゆかず、やむを得ずかけ込んだのが、このヴィクトワールであった。たいてい、小瓶のビール一本とサンドイッチを取った。三フランあまりだったと記憶している。大学食堂で食べればフルコースが一フラン二十サンチームなのに、三フランも払ってサンドイッチというのはいつも大損したような気分であったが、それでも朝寝坊はなかなか直らなかった。

しかし、この店にはいろいろな国の学生たちもよくきていて、彼らと話をすることができたし、備えてある新聞を読むこともできた（自分の金を払って新聞を買ったことはない）ので、それほど損をしたわけでもなかったかもしれない。

きしだ・しゅう（一九三三〜）心理学者。和光大学名誉教授。著書に『ものぐさ精神分析』『唯幻論始末記』など。

11　客もまた怪しウィーンのカフェ

佐藤亜紀

ウィーンは至極怪しい都市であり、必然的に、名高きウィーンのカフェもまた、怪しい。

たとえば、近所に美術学校でもあるのか、矢鱈《やたら》画廊の葉書が置いてあり、矢鱈美術学校の学生や元学生らしき連中が目立ち、夕方から十時の閉店まで若い客や（ウィーンにしてはぶっとんだ格好の連中である）老けた連中（いきなり「お前はモンティ・パイソンが好きか」と言って話し掛けられたことがある――何なんだろうね、あれは）が離合集散、出たり入ったり、あっちのテーブルへ行ったりこっちのテーブルへ行ったり、やあやあ今晩はとやっているカフェがある。普通の店でこれをやられたら一見《いちげん》さんは居心地が悪くてしかたないが、何せ体育館のように広い上、天井も馬鹿高いので悪い感じもしない。布張の色こそ褪《さ》めているが椅子も極上、カーテンを下げた壁龕《へきがん》の中の席だのガラス戸で仕切られた別室だのまであり、普段は新聞置き場になっているちっぽけなピアノには夕方からピアノ弾きが貼り付き譜面台にえらく下等そうなタブロイド紙を立てて読みながらだらだらと弾く。時々捲《めく》るから、本当に読みながら弾いているのだと思う。この快い混沌と騒然にとっぷり浸かって夕方の二時間ばかりを潰すのが、私のウィーン滞在中の日課である。

　ところで、この居心地こそいいがかなりどうでもいいカフェに、突如全然どうでもよくない人物が現れたことがある。エメラルド色の絹のスーツを着、完璧な上にも完璧な脚を腿の真ん中まで露《あらわ》にし、踵がきんきんに高いパンプスを履いた、モデルと見紛う黒人の美女だ。金なしＤＣ系若い衆とツイード・コーデュロイ系おやじしかいない店に彼女が、見るだに毛並みの良さそうなほっそりしたグレイハウンドを連れて入って来た時には些《いささ》か動揺した。他の客たち、特に男の客たちも動揺していた。彼女は広いひろい店の通路を、犬を牽《ひ》いて、悠然と視線を意識しつつ通過すると、一番奥にいた別にどうということもないおじさんの前に腰を下ろした。

見るだに金の掛かった身形《みなり》の客が見たければ行くべきカフェは他にある。そうした店では、あまりにも年若く仰天ものに美しいのと、昼日中からあまりにも贅を尽くした身形をしているのとですぐにそれと知れるねえさんを見ることができる。これはちょっとした感動ものだ。美しい女もある水準を越えると、人種の如何を問わず、並みの女とは別の生き物になってしまうのだが——そんなものが外でほいほいお茶してるなんて、やっぱウィーンは怪しいよね。

私の席は彼女の坐った席の真向かいだったので、席に着いた彼女の様子がよく見えた。グレイハウンドはどこか子供じみた不満げな様子で、彼女に寄り添うようにお坐りをしていた。彼女は絵に描いたような気怠《けだる》げな相槌を打ちながら、殆《ほとん》ど剥き出しの、ストッキングに包まれた腿を平手で軽く叩いた。

犬はその滑らかな腿に顎を載せた。載せながら、羨ましいだろと言わんばかりに他の客を一瞥した。私は密かに罵声を上げた——自慢顔しおって、生意気犬めが。上げながら何故かざわざわと鳥肌立っていた。

やっぱりウィーンは怪しい街である。

さとう・あき（一九六二～）作家。著書に『バルタザールの遍歴』『天使』『ミノタウロス』『黄金列車』『喜べ、幸いなる魂よ』など。

12 カフェ・モーツァルト・ワルツ

久世光彦

私たちが子供のころ、ウィーンは維納だった。コンラート・ファイトのメッテルニッヒが渋く笑った『会議は踊る』の背景は維納会議だったし、ヴィリ・フォルストの名作『マスケラード』の邦題は『たそがれの維納』だった。ロンドンが倫敦で、スペインが西班牙、ベルリンは伯林で、ギリシャは希臘と書いたころの話である。もちろんそのころだって片仮名の表示はあったのだが、私なんかは昭和十年の生まれで、わずか十年足らずの体験なのに、いまでも維納や伯林の方がその都市の姿が浮かんでくるようである。いったい誰が考えたのかは知らないが、あのころの日本人はみんなこういった漢字で異国の都市をイメージしていたわけである。そう言えば、いつの間にか異国という言葉も使われなくなってしまったが、一九三〇年代は西欧の国々はまだ異国だった。赤い靴の女の子を連れていったのは、大きな異人さんだったのである。

　維納や伯林という文字から浮かんでくる都市の姿は、言ってみればポール・モランの『夜ひらく』や『夜とざす』の都市である。これらの都市物語は、一九二二年から二三年にかけて書かれたものだが、第一次大戦が終わった後の、安堵と落ち着きのなさ、悔いと享楽、そして復興と頽廃といった様々な矛盾を抱えながら、長く重い歴史を引きずった都市たちが、ようやく近代化していく息づかいが何やら悲しくて、忘れられない作品である。そんな都市の悲しい貌《かお》を私たちが映像で観たのが、三〇年の『嘆きの天使』のドイツの古い街であり、『巴里の屋根の下』の下町のパリであり、三一年の『会議は踊る』のワルツのウィーンであり、更には三四年の『商船テナシチー』の霧に烟《けむ》るル・アーブルや、三七年の『望郷』の白いアルジェの街だった。そして、これらの街はどれも片仮名の街ではなく、漢字の似合う倦怠と憂鬱の街だったのである。

暗い迷信のように私の中にあった不思議な漢字の都市が、片仮名に変わったのは、戦後の一九四九年、アントン・カラスのチターと共にやってきた『第三の男』からだった。この映画で、維納はウィーンに変わった。ホリー・マーチンスがハリー・ライムを誘《おび》きだした、〈カフェ・モーツァルト〉につづく瓦礫の山を観たとき、私の中のまぼろしの維納はゆっくりと遠ざかり、消えていったのである。維納は死んだ。私の漢字の都市たちも、静かに維納に殉死した。あの映画の第二の主題曲だったカラスの『カフェ・モーツァルト・ワルツ』は、「死せる維納に捧ぐるパヴァーヌ」だったのである。

あの時代の俤《おもかげ》を残すカフェは、いまもウィーンの街にいくつもあるという。池内紀氏の本で、アドルフ・ロースの「カフェ・ムゼウム」の写真を見たこともある。経営不振とか聞いたが、「カフェ・モーツァルト」だって、行ってみればきっとあるのだろう。けれど私は、そこへ行ってみたいとは思わない。カラスの『カフェ・モーツァルト・ワルツ』を聴きながら、半世紀前の漢字の維納を想っていれば、それでいい。

くぜ・てるひこ（一九三五〜二〇〇六）演出家、作家。著書に『昭和幻燈館』『怖い絵』『蕭々館日録』など。

13　孤独家にぴったりのウィーンのカフェ

池内　紀

ウィーンで誰かに用があるとしよう。ぜひとも会って話さなくてはならない。三度訪ねたが留守だった。ついさっき、行先も告げずにフラリと家を出たばかりとか。

むろん、あなたが悪いのだ。その人の行きつけのカフェを聞いてさえいれば、一度目で用がたりた。

プルク劇場わきのカフェ・ラントマン、市庁舎裏のカフェ・ラートハウス。ヘレン通りのカフェ・ヘレンホーフ、あるいはドナウ運河に近いカフェ・プーヒャー。二十年前と何がちがっているだろう？　大理石の丸テーブルに古風な椅子。ビロード張りの席のちょうどお尻のあたるところが少し色あせている。同じく少々くたびれた給仕の燕尾服。

はじめてのとき、彼は神妙な顔つきで注文を聞いている。二度目、好みをおおよそ呑みこんだといったぐあいだ。三度目、委細承知というふうに軽くうなずいて奥へいく。合わせてこちらのお気に入りの新聞や雑誌をもってくる。どうして知っているのか。はたしていつの間に見ていたのだろう？

ある人にとって、ここは書斎である。客間がわりに使う人もいれば、事務室の延長の場合もある。カフェであるからには、むろん珈琲を飲むが、飲みほしてからもなお数時間すわりつづける。ある詩人は陽当りのいいカフェの片隅で、夜の幻想を書きとめる。ある旅行家は、いつもの店のなじみの席で、トルキスタンの旅の紀行文を仕上げる。

友人と会う。家では書けない手紙を書く。そっとカフェから電話を入れて、恋人にランデブーの約束をとりつける。何よりも、ひとりぼんやりとすわっている。ウィーンのカフェは、とりわけ、孤独にふけるのに打ってつけだ。孤独でいるために、まわりに人を必要とする、そんなタイプの心やさしい孤独家にぴったり。

珈琲はそもそもトルコ戦争の置き土産として、ウィーンから広くヨーロッパ一円にひろまったという説がある。以来、この町のカフェは三百年の伝統をもっており、おいしい水のお代わりと、山とつまれた新聞や雑誌がお定まりだ。音楽ひとつない。深い水に沈んだような静けさが、ここの何よりのメロディーである。とびきり静かな場所があってこそ、ウィーンは音楽の都になった。中年の紳士が黙念とクロスワードパズルを解いている。白髪の老婦人が糸のように細いソプラノで、お供の愛犬に世界ニュースをささやいている。

私はウィーンへ行くたびに一日に一度はカフェに立ちよる。何一つ変わっていない。時間がハタと止まったようだ。あるカフェ文士は書いている。

「二年前から、その夫婦は毎日、そこのカフェにすわっていた。理想的な夫婦である。いや、理想的なカフェだ！」

給仕が心得顔で、届いたばかりの雑誌を持ってくる。

「ビッテ（どうぞ）、ヘア・プロフェサー！」

べつに敬意を表してのことではない。ウィーンでは、たいして面白くもないのに小難しい新聞、雑誌を読みたがる人間を、こう呼ぶまでのこと。

いけうち・おさむ（一九四〇～二〇一九）ドイツ文学者、作家。著書に『諷刺の文学』『ゲーテさんこんばんは』など。

14 トリノ市ポー街八番地には、思いもかけぬ贅沢な空間が拡がっていた

蓮實重彦

イタリアに行くには贅沢な気分が必要だ。たとえばヴェネチアなら、空港までモーターボートが迎えにきてくれる豪華なホテルに泊まらなければならない。フェニーチェ劇場の脇に位置する同じ名前のホテルに宿をとるのがシックだといわれているけれど、シックという概念は、すでに日本人のイタリア旅行にはふさわしくない。一ドル＝百円時代の国からわざわざ訪れるのだから、ここで贅沢を自粛するのはほとんど犯罪的である。せめてダニエリは避けたいというなら、本島ならユーロパ・エ・レジナ、リド

島ならオテル・デ・バンあたりで旅装をとき、ひとけのないカフェで仲間と落ち合ってくつろいだ時間をすごせばよい。もっとも、島々に点在している小さな気の利いたカフェのありかはやたらな日本人に教えるなとイタリアの友人から厳命されているので、ここでその名前を明かすわけにはいかない。

時間的な余裕がある限り、できれば飛行機や車を避け、律儀に南をめざす国際列車に揺られてイタリアに足を踏み入れたい。フランス語やドイツ語だった駅のアナウンスがいつの間にかイタリア語に変わってゆくさまをゆっくりと味わいながら目的地に着くという鉄道旅行こそ、イタリアにふさわしい贅沢というものだ。長いトンネルを越えると空気の味さえ違っているのだが、国境を越えてしまえばもうしめたもので、もよりの駅前のカフェで飲むエスプレッソの味が、アルプス以北の国々をたちどころに貧しい発展途上国だと思わせてしまう。

フランスからモンブランのあたりでアルプスを越えてその南斜面を下って行くと、最初に出会うイタリアの大都会は、ポー川の流れるピエモンテ地方の首都トリノ。フィアットの工場で名高い工業都市で、これといった観光的な名所はないが、サイレント期には映画の都だったこの町には映画博物館があり、秋にはこぢんまりとした国際映画祭が開催されている。ここでのんびりくつろぎたいなら、フィオリオ兄弟のカフェに行けばよい。ポー街八番地に位置するこのフィオリオ、表通りに面した店構えはとりたててどうということもないのだが、イタリアの都会によくあるアーケードの下のテラスのように、着飾った男女が派手な衣装を競っていたりはしない。誰もがカウンターで立ち飲みしている騒然としたバールとも、雰囲気が違っている。いったん店内に入ると、戦前の日本の喫茶店に漂っていた甘い香りが立ち込めていて、何の変哲もないベーカリーかと錯覚してしまうが、レジ脇の細い扉をすりぬけると、落ち着いた調度品を並べたサロンがいくつも奥まで拡がり、この無駄な広さが贅沢な気分にひたらせてくれる。椅子の座り心地のよさがその歴史の古さを伝え、とりたてて豪華というのではないけれど、運ばれてくるどの食器も贅沢な気分にふさわしい。ここでは簡単な朝食もとれるし、夜も遅くまで開いているので、仲間と落ち合うのもよいし、テーブルの間隔にたっぷり余裕があるから、読書をしても騒音にいらだつことはない。かつては芸術家や知識人が集まり、今世紀初頭の名高い小説家もよくきていたと聞いたが、誰だか忘れてしまった。

　カフェ・エ・ジェラッテリアというから無数のコーヒーとアイスクリーム類をそろえているのだが、ここのティラミスの流行を超えた妙なる風味は、とうてい女子供に任せておくわけにはいかないほどだ。事実、やたらなオムレツよりも遥かに大きなティラミスを、男どもが真剣な表情で賞味したりしている。あと、お薦めはザバイヨンネ。誇張なしに天下一品で、旅程を変更してトリノで途中下車をしてみるだけの価値がある。ひそかに持ちかえったメニューに目を通してみても――そんなはしたない振舞いなど、この店以外では断じて演じたことがない――、初めて入ったときにイタリアの友人から薦められたこってりとした飲み物がどれなのかまるで見当がつかないのがいささか心残りだが、そのメニューの無駄と思えるほどの豊富さが、いかにも贅沢なのである。

はすみ・しげひこ（一九三六〜）映画評論家、フランス文学者。東京大学名誉教授。著書に『反＝日本語論』『監督　小津安二郎』『ジョン・フォード論』など。

15 ラヴェンナの中央広場のカフェ
「黄金の盃《タッツァ・ドーロ》」

中村真一郎

私は青年時代以来、アメリカ人で英国文壇で活躍したヘンリー・ジェイムズに凝った。これはプルーストから遡ったわけであるが、直接にはある年の夏、堀辰雄の軽井沢の別荘に泊まりに行くと、戦前のことで軽井沢には横浜や神戸からの避暑客について、外人向けの洋書の古本屋も登って来て、店を開いていて、散歩のたびに堀さんは、そこから面白い本を掘り出して来るのだったが、その夏はジェイムズの大きな自伝を二冊、買いこんで、この巨大な作家の山裾からゆっくりと、堀さん流の征服を開始するところだった。

私は何しろ二十歳かそこいらで、大いに堀さんの影響を受けていたから、早速、堀さんの真似をして、古本屋へ出掛け、同じジェイムズの『ガブリエル・ド・ベルジュラック』という、ポケットに入るくらいの手頃な長篇を見付けて買いこみ、堀さんの別荘のベランダで読みはじめると、流行作家の阿部知二さんが顔を出して、「ジェイムズは難解だぞ」とおどかしたが、その小説は平易なロマンスで、拍子抜けだった。しかし、これはジェイムズの最初期の試作で、全集にも入っていない珍本であることが後で判った。

私のジェイムズ熱は、戦後、六〇年代にパリのリュクサンブール公園で、毎日、アメリカのブリュース・ローリーという人の『プルーストとジェイムズ』という興味のある評論に読《よ》み耽《ふけ》る頃から、いよいよ昂じて来て、八〇年代には、ジェイムズの足跡をくまなく辿るというところまで行った。

そうして、晩年の代表作『鳩の翼』の女主人公の崇高な姿を、「ラヴェンナのモザイク」にたとえている、その聖ヴィターレ寺院の壁画のユスチニアヌス帝の行列と向い合った、「囚われの身のビザンチンの皇妃」のモザイクを眺めるために、この古い都市の四角な中央広場の角の古いホテルに宿をとった。

ところが、この時代物の下宿屋風のホテルは朝食も出さないから、道をはさんだ向いのカフェへ食べに行ってくれと言う。

私は同伴の細君や友人と、そのやはり小さな古ぼけたカフェに出掛けて、前日、見たばかりのあの皇妃テオドラの姿を、ジェイムズが「囚われの身」と形容しているのは、肉体の柔かい線を消されて凝固した、ビザンチン様式のモザイク細工の立姿の形容であり、それが小説の女主人公の孤高の様子を連想させたので、「鳩の翼」という、この小説の表題も、恐らくあの壁画の傍らの柱頭の黄金のモザイクのなかに花籠を守って向い合っているつがいの白鳩の姿を見た瞬間、ジェイムズの心のなかにひらめいたに違いないと、コーヒーを立ち飲みしながら、得意げに私の発見を開陳した。すると、そのお喋りのあいだに、この前世紀以来と思われる古いカフェの店の名が「Tazza d'Oro」（黄金の盃）であるのを目にとめて、ジェイムズはやはり、私たちと同じホテルに泊まり、この店でコーヒーを飲み、そして、構想中の次の長篇の表題「黄金の盃」を、ここで思いついたなと、気が付いたのだった。

なかむら・しんいちろう（一九一八〜一九九七）作家。著書に『死の影の下に』『四季』四部作などがある。

16　私のカフェ

養老孟司

ヨーロッパに旅行すれば、もちろんカフェに頻繁に入る。それがどこの、どんなカフェか、それを私は妙によく覚えている。

私にはある種の対人恐怖があって、外国ではそれが強くなる。緊張するのである。カフェに座って、注文が済んでしまうまでは、その緊張がとれない。だからカフェが記憶に残る。セロトニンかなにか知らないが、脳内に化学物質が出ているに違いない。だから、カフェの記憶が強化されて、記憶に長く残るのであろう。

最初にヨーロッパに行ったのはシシリー島である。もはや二十年も前のことになる。最初に行くにしては変なところだが、ともかくローマ、パレルモを経由してシシリーのエリチェに行った。エリチェには十日ほど滞在して、カフェには毎日行った。研究会で暇があるから仕方がない。ここは南イタリー特有の山上に位置する小さな町で、カフェのほかに行くところがない。この小さな町にもたしかカフェは二軒ほどあった。子どもたちが給仕をしていて、なんとなく労働基準法違反ではないかという気がしたが、当人たちは喜々として働いているように見えた。小学生にして、すでにほとんど給仕のプロである。それがいいか悪いか、よそ者の私が口を出すべきことがらではない。

いまではこうしたカフェが減りつつあるという。ファースト・フードの店が増える時代だから、当然ではないかと思う。それにしてもヨーロッパの夏は乾いていて暑い。だから水を飲む。それならどうしてもカフェということになるのだが、文明はそれを自動販売機やファースト・フードの店に置き換える。都会ではもちろん、かなり以前から、子どもは働いていないであろう。それなら給仕文化とでもいうべきものも、しだいに滅びていくのかもしれない。どこの国でも、若者は都会に出る。

年寄りの繰り言をいってもはじまらないが、のんびりしたものがしだいに消えるのが現代文明である。カフェの客の平均滞在時間も、昔に比べたらきわめて短くなっているのではないか。私にとってカフェに座っているのは、時間を意識する時間である。当面することはないし、外国であればしばしば相手がいない。それなら来し方行く末、なんとなく思いを及ぼす時間がある。そもそも時間とはなにか。そんなことを考える時間でもある。

もう一つ、カフェは本を読むには向いている。電話がかからない、来客がない、適当に気が散る。自室では原稿を書くなどという具体的な動機がないと読みにくい本がある。専門ではない堅い本で、いつかは読もうかと思っていたもの。私は旅にそれを携行する。それをカフェで読む。おかげで鞄が重い。

あとは行きずりの人を見る。そこで行き会う人と、私のあいだにはたしてどういう関係があるのか。もちろんなにもない。しかし、袖振り合うも他生の縁という。どういう縁があって、私はあの人々に出会ったのであろうか。かれらはいま、どこでなにをしているのだろうか。

ようろう・たけし（一九三七〜）解剖学者。東京大学名誉教授。著書に『からだの見方』『バカの壁』など。

17 エメラルド横丁のお茶

秋山祐徳太子

確かにフィレンツェは美しかった。観光づかれであったにしても、美しい眠りがそのままヴェネツィア行きの車中にまで続き、心地よさは格別である。

ふと眼が覚めると、なんと我が列車が海の上を飛んでいる。それはどこかでみたことのある光景だ。子供のころ、海の上に長い鉄橋が架かっていて、そこを列車が走り、しかも荒波が打ち寄せて線路に白いしぶきが上がっている、とてつもなく恐ろしい絵をみたことがあった。一体あの列車は何処に行くのだろうと考えつづけたのだった。もしやと思って通路に飛びだすと、あたり一面がエメラルド・グリーンに輝いている。列車の速度はきわめて遅く、かえってのんびりとしているのが怖いほどだ。エメラルド・グリーンと私の不安色がまじり合って、海はグレイがかった。そんなことはお構いなしに、列車は未知の方向へと進んでいる。

　着いたところが中世であった。その中世の街ヴェネツィアは、写真や映画で観るよりも、はるかに芸術的だ。エメラルド・グリーンの水はいたるところに流れ、細胞のような運河には滅びをしらぬ生がある。とてつもなく私はいい気分になっている。その街並のなかに、ある時は東京の下町があるのを感じた。植木が並ぶとこれはもう下町ポップの風情である。そんなところに小さなカフェを見つけた。テラスの横に口輪をした犬が座禅をくむように坐っていて、店の奥には白熊のような大男がいる。そこの主人である。私は無類のミルクティの愛好者である。原則としてコーヒーは飲まない。そのことに別にたいした理由はない。店の中はやたらと天井からソーセージがぶら下がっている。大小入りまじっていてすごくかたそうで、パイプ・オルガンに見えてくる。

私はミルクティを注文した。白熊はイタリア全土の微笑を一人で放出したような顔で、私にどれにしたらよいかとカップを指さす。ごく一般的なものから、まるでビール・ジョッキのようなものまである。私はすかさずエメラルド色の小さな女神がレリーフになっているカップを選んだ。白熊は巨体のわりには器用な手つきで、すばやかった。しかも表面張力ぎりぎりまで注ぐ。Ｌサイズのサービスである。セピア色の薫りは心地よく私の鼻を突いて、静かにミルクを注入すると、ほんのりと変色していく。こういう時のシュガーの量はむずかしく、自分の体調と雰囲気との調和を意識する。というとなんだか儀式めいてしまうが、自分なりの儀式性もまた秘めた味覚への思いであろう。味は現代でも心は中世のこのミルクティの生命を飲みこんでみると、まろやかな甘さがひろがる。これぞこの場におけ る、この場だけの味というものだろう、ヴェネツィアで出会った味の個性が輝いている。

　思わず小さなソーセージを注文すると、白熊は適当にスライスしてくれる。それをビスケットがわりに口にしながら飲む我がミルクティの味わいはなんともいえない。もう一杯注文する。だんだんとセピア色からエメラルド・グリーンになっていくようだ。そうか、ここはアドリア海である。独特の潮の薫りも流れていて、ひょっとするとこのミルクティはアドリア海そのものではないか。ほとんど人気《ひとけ》のないこの横丁のカフェでは白熊と口輪の犬、そしてソーセージと私の前にあるミルクティが、それぞれの位置関係を保ちながら生命体を主張しあっているのだが、それは、あくまでもイタリア的軽みの中の友情とでもいおうか。犬ともミルクティを分かちあいたい気分になる。

このままエメラルド・グリーンの波とともに消え去ったとしても、私たちの薫りが残っていればそれもまたよし、である。

あきやま・ゆうとくたいし（一九三五～二〇二〇）現代美術家。著書に『通俗的芸術論』『恥の美学』『秋山祐徳太子の母』など。

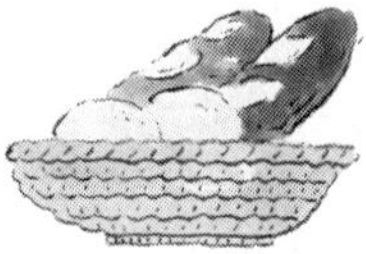

18　セビーリャのサングリアの味

川成　洋

九月のセビーリャ。

九月なのに、さすが「スペインのフライパン」といわれているだけはある。

ともかくすごい暑さだ。

午後になって、日陰をさがして歩いても、とてもかなわない。街路を歩いているのは、多分、観光客、それも外国人観光客であろう。セビーリャの住民なら、きっとシエスタ（午寝）しているに違いない。

かつてコロンブスの船団の大航海の最終目標地となったグアダルキービル河岸の、とあるカフェに入った。

ここから闘牛場は近い。

ようやく日陰のところで腰をおろせる。

やれやれ、と思っていると、人のよさそうなボーイがやってきたので、「サングリア」を注文した。赤ワインにレモンなどの果物・砂糖・ソーダを加え、それに氷も入っている飲みものである。サングリアという名称は、その色からか、血を意味する「サングレ」から由来するとか。それはそれとして、この強烈な暑さには、サングリアはまことにぴったりの飲みものである。

しばらくして、サングリアが私の目の前にどさりと置かれた。まさに、どさり、とだった。少なくとも一リットル以上であろう。大きい水差しの中に並々とサングリアが入っていたのだ。いささか面食《めんくら》った。料金も、それに相当すると言うべきか、かなりの額だった。要するに、このカフェは、外国人観光客相手にボル店だったのだ。周囲を見渡すと、外国人と思われる客が、私と同じく大きな水差しを持て余しているようだった。

やがて、二人のアメリカ娘が入ってきて、ビールを注文した。ビールも、大きな水差しに入ってきた。彼女達は、こんな多量なビールを注文していない、と英語で抗議したが、ボーイは愛嬌たっぷりに肩をすくめるだけで、次々に入ってくる客に対応すべく、立ち去って行った。

近くの客も、ニヤニヤとして、このやりとりを眺めていた。そのうち何が原因か分らないが、爆笑が起こった。これで一件落着だ。

よし、このカフェの商法に乗せられたついでに、この座席を占領して、サングリアを最後まで飲んでやれ。闘牛の始まる午後五時まで、時間をつぶすのだ。いろいろな格好で通りを行き交う人を眺めつつ、サングリアのグラスを傾ける。

「アンダルシアの華」と謳われたセビーリャで、ちょっとしたカフェの選び間違いで足止めをくらった者同士の親近感からか、あるいは気の遠くなるほどの退屈からか、うしろの老夫婦が、私に袋入りのピーナッツをくれた。彼らはイギリス人だった。二週間のホリディでコスタ・デル・ソルに滞在していて、憧れのセビーリャを観光できてとても満足しているとのこと。何とも朴訥《ぼくとつ》な夫婦だった。

四時半すぎに、私は闘牛場へ向かった。スペイン人の時間のルーズさはつとに有名だが、何故か、闘牛の開始時間だけは厳密であった。

座席は「ソル（日なた）」だった。まだ暑くて仕方なかったが、それ以上に、サングリアの酔いが一挙に効いてきたようだった。

かわなり・よう（一九四二〜）イギリス文学、スペイン史学者。武道家。法政大学名誉教授。著書に『スペイン通史』『英国スパイ物語』など。

19 リペッタ通りの名もない牛乳屋《ラッテリア》

須賀敦子

もともとイタリアのカフェは、立ったまま、ぴかぴかに磨いた真鍮《しんちゅう》のバーに片足をのせ、カウンターに片ひじをついてからだのバランスをとりながらエスプレッソをぱっと飲んで、じゃ、また、といった方式が主流である。ミラノに住んでいたころ、日本からの客を案内していて、どこかゆっくりすわって、お茶でも飲めるところはありませんか、と言われるのが私にとっては恐怖だった。旅行者もぐっとふえた現在はともかく、二十数年まえのミラノにはそんな場所はほとんど存在しなかったから。せいぜいが、超一流に高価でおしゃれなモンテ・ナポレオーネ通りのティー・サロン。それでなければ、旅行者に占拠されたガレリアのカフェ・テラス。どちらも、イタリアの庶民ふうに染まっていた自分には縁のない場所だった。

　近年、仕事の関係で、ミラノよりローマに行く機会が多くなったが、ローマでも、むかし、二年暮らしたから、思い出すことは多い。気候がいいし、観光客の数がミラノとは比較にならないこともあって、都心にはカフェ・テラスがあちこちにある。アメリカ大使館に近いヴェネト通りには、ぜいたくに着飾った美男美女がお花畑さながらたむろしていて、グリア・カーソンやらイングリッド・バーグマン、ハンフリー・ボガードなどがきらきらしていた時代にふと迷いこんだ気がする。

　でも、私のローマの記憶は、どこかアメリカの匂いがするこの辺りではなくて、美術学校が集まるリペッタ地区のきたないカフェに巣くっている。一九五〇年代の終りごろ、当時のイタリアを代表する彫刻家のひとりだったペリクレ・ファッツィーニのアトリエにいた小野田はるのさんが、先生を探して、よくその辺りを歩いていた。仕事に一段落がつくと、ファッツィーニはふいとアトリエから姿を消して、近所のカフェにコーヒーを一杯、やりに行く。画廊から電話がかかってきたり、外国の客が予告なしに来たりすると、彼女が先生を探して歩くのだ。小野田さんに会いに行った私までがかりだされて、いやあねえ、先生、またどこかに行っちゃったよ、とぼやきながら、ふたりで近所のカフェをひとつずつのぞいて歩く。でも、旧都心のあの辺には大小のカフェがいくつもあって、なかなか見つからない。それにしても、のんびりした時代だった。

　最近、私は、友人と会うのに、おなじリペッタ界隈に古くからあるラッテリアによく行く。ラッテリアは日本語なら「ミルクホール」だろうか。もとは牛乳屋だったのがちょっとした食べ物を出すようになったもので、店の半分が椅子席だから、ひとと話すのにはもってこいだし、値段もカフェで席にすわるより安い。美術学校の学生がテーブルをいくつか寄せて、カーニバルの仮装のためらしい天使の翼を共同制作していたり、アルバイトの値段を比べあったりしている。あるとき、ここの電話番号を、ちゃっかりガールフレンドにわたしておいたのだろう、本人あての呼びだし電話がかかってきて女主人にどなられた若者が、仲間にやんやはやされていた。

すが・あつこ（一九二九〜一九九八）イタリア文学者。著書に『ミラノ霧の風景』『コルシア書店の仲間たち』など。

20　ポルトガル追想

出口裕弘

十七年前の五月、ポルトガル旅行をした。パリに滞在していて、イベリア半島めぐりを思い立ち、オルリー空港からいきなりリスボンへ飛んだのだ。今は多少、変ったかもしれないが、そのころのリスボン空港の鄙《ひな》びかたといったら、国際空港とは信じられないくらい閑散として、管制塔よりも風見の吹流しのほうが似合いそうだった。

リスボンでは、フランス語がかなり通じた。フランスへ出稼ぎに行く者が多いせいだと聞いた。最初に入った広場の一角のカフェで、ためしに使ってみたら、ボーイの口からきれいな発音でフランス語が返ってきた。金を払うとき、チップ込みかどうか尋ねると、「ポルトガルにはチップ制度はありません」と打ち返された。先生の質問を受けた小学生のように、背筋をしゃんと伸ばして、澄んだ眼をまっすぐに向けてきた若いボーイの顔を、いまでも鮮やかに憶えている。

　生き馬の目を抜くパリから直行したせいもあって、現代から置き去りにされたようなリスボンがただもう楽しく、すっかり警戒心をなくした。季節はいいし、住民は親切だし、小さな市電が走りまわるのを見るだけでも心がなごんだ。その、ほっとした気持を見破られて、たちまち掏摸《すり》にやられたが、それでも、リスボン、いい街、という気分に変りはなかった。よほど相性がよかったのだろう。

　もう一軒、印象の深いカフェがあった。国鉄駅近くの大きな店で、何を飲んだのかすっかり忘れてしまったのに、ボーイのことだけは、ことこまかに憶えている。初老の、小柄な、丸顔のボーイで、この人にもフランス語が通じた。通じたどころか、言い間違いを直されてしまった。やはり若いころ、およそ留学とは縁遠い形で、長いことフランスにいたらしい。

リスボンの詳しい市街図がほしいといったら、店の者と相談して、たちまち一枚、持ってきてくれた。その上、ここが面白い、ここはぜひ行くべきだと、あちこちに印をつけ、ほかの客を放りだして観光案内をしてくれた。ポルトガル人というのはふしぎな人たちで、そんなふうに外国人にものを教えながら、どことなく恥かしそうにしている。街で道を訊《き》いても、教えること自体に照れてしまい、お礼を言われるのが怖いとでもいった様子で、そそくさと人混みに消えたりする。出稼ぎで身につけたフランス語を東洋人相手に使う、そのことに、幾重にも屈折した思いがあったのかもしれないが。

リスボンのあと、私は長距離バスで南ポルトガルのアルガルヴェ地方へ行き、海岸沿いに東へ東へと旅して、サント・アントニオという国境の町を経てスペインへ渡った。そのサント・アントニオでも、カフェに入ることは入ったが、ここでは、天地に満ち溢れる南欧の日差しばかりが記憶に残っている。たしか、店内ではなく、さんさんと陽《ひ》の輝くテラスで、ワインか何か飲んだのだと思う。いま目をつぶってみると、脳裡をいっぱいにするのは、もっぱら、白くまばゆいアルガルヴェの陽光である。何日ものあいだ、私はひたすら、さわやかな亜熱帯の風土に酔いつづけたような気がする。その反動もあって、この次はぜひ、湿潤といわれる北ポルトガルへ行ってみたいと思っている。

でぐち・ゆうこう（一九二八～二〇一五）作家、フランス文学者。著書に『辰野隆　日仏の円形広場』『坂口安吾　百歳の異端児』など。

21 マヤコフスキーの死に魅せられて

亀山郁夫

「『通報』一六六〜一六七号。タガンスカヤ。外国図書館」

ロシア語で乱暴に書きなぐった手帳のメモはそれだけだった。四月半ば、私の所属する科学アカデミーの研究所で開かれたシンポジウムの席で、報告者の一人からある興味深い論文の存在を知らされ、その雑誌を常置している書店のアドレスがそのメモだったのだ。ところが、前衛劇団タガンカ劇場の本拠地のあるタガンスカヤに二度も足を運びながら、通行人のあやしい道案内に惑わされ、どうしても目的地にたどり着けないでいた。三度目の正直と思ってアパートを出たその日も、何やら無駄足に終わりそうな予感があった。昼過ぎから真夏を思わせる暑さになり、季節はずれの黒コートに身を包んだ私は、ほんの数日前、書店探しの帰りにタガンカ劇場で観た『罪と罰』の主人公よろしく、恐ろしいほどみじめな気分に陥っていた。

　地下鉄駅に舞い戻った私は、公衆電話から知人に助けを求めた。しかしどの回線も雑音がひどく、「ウリヤノフスカヤ」「ヤウザ」「ノベッラ」といった固有名詞がきれぎれに聞き取れるだけだ。「よく分かりました。有難うございます」。諦めて受話器を置く。頼りになるのは、もはやこの三つの固有名詞しかない。

　ノベッラ書店は、モスクワ川の支流にあたるヤウザ川を少し越えた広壮なビルの一階にあった。だが、目的の雑誌は店内のどの棚にも見あたらない。肩を落し、手帳のメモを見せると売子がいう。「待って。ここに外国図書館ってあるわね。そこの本のキオスクに行ってごらんなさい。ヤウザ川沿いを五分ほど歩いた所よ」。ほとんど疑心暗鬼に近い心持ちで炎熱の通りに出る。

カフェ「イニオン」は、ヤウザの河岸通り沿いにあった。新緑の庭先にパラソルを広げ、洗練された身なりのビジネスマンや女性たちが楽しげに語らいあっている。モスクワではめずらしいほどのどかな光景だ。もっとも、涼しげにストローをくわえている連中のほとんどが、マフィア上がりの実業家か外国人のビジネスマンだろう。増大する貧富差を目のあたりにし、路地裏の薄汚いカフェに慣れはじめた私のどこかに、そうしたヨーロッパ風のカフェに対する何やら敵意のようなものがある。

しかしその日だけは勝手が違った。ウリヤノフスカヤ通りに面する「外国図書館」で念願の戦利品を手にした私は、えもいわれず気分が高まっていたのだ。帰り道、私は何らためらいを感じることなくカフェ「イニオン」に立ち寄り、シェフお薦めのサラダ、ボルシチ、壺焼き料理、そして生ビールをジョッキで注文した。しめて一万八千ルーブル。日本円で千円を少し出る程度の額だから、責められるほどの贅沢ではない。冷えたビールを一気に飲み干し、焼けるように熱い肉とジャガイモの壺焼きに舌つづみをうちながら、おもむろに戦利品の中身を調べはじめる。雑誌『通報』の目次には、「ウラジーミル・マヤコフスキー、自己抹殺の道、あるいは不死の願望」とある。

かめやま・いくお（一九四九〜）ロシア文学者。名古屋外国語大学学長。著書に『磔のロシア　スターリンと芸術家たち』、訳書に『カラマーゾフの兄弟』など。

22　ソビエト・カフェ

島田雅彦

ヘルシンキの小じんまりした盛り場の一画に、ロシアン・カフェと呼ばれる店がある。エンジ色をした静電気バリバリのソファと化粧合板のカウンターが古めかしくも懐かしい内部は、極めて殺風景で、壁にはレーニンの肖像がこれ見よがしに掛けられていたりする。

このカフェは、ソビエト的なるもののパロディとして作られたもので、そのコンセプトは、ロックとソビエト赤軍合唱団の融合をもくろんだレニングラード・カウボーイのそれと同じ路線をいく。

ぼくはこれまでさんざん、オリジナルのソビエト・カフェに出入りしてきた。特定の何処のカフェかを問うまでもなく、全く似たり寄ったりの内装のカフェがモスクワやペテルブルクのみならず、シベリアや極東、定期航路の船上にも偏在していた。ソビエト・カフェというのはぼくが勝手に総称しているだけで、本来それらは単にカフェかバールと呼ばれていた。

　赤い化学繊維の椅子やソファ、デコラのカウンターは何処でも同じ。レーニンの肖像はあったり、なかったり、ラジカセからは必要以上に大きなボリュームでソビエト・ポップスやスウェーデン・ポップ（アバ）などが鳴り響いている。パンにサラミやチーズ、イクラを乗せたオープン・サンドイッチやチョコレート、チューインガムなども売っている。ずんぐりした形のびんに入ったソビエト製のジュースやビールもあるが、やはり、そこではウォトカを飲む。ウォトカやコニャックはグラムで売っている。あるいはシャンパンがあれば、是非試してみたいところだ。その名もソビエツコエ・シャンパンスコエ、文字通り、ソビエトのシャンパンという意味だ。殆ど、炭酸入りグレープジュースにウォトカを垂らしたような味だ。

ホテルにあるソビエト・カフェではかつて、外貨しか使えなかった。カウンターの壁にはドルから円、マルク、リラ、クローネと何十種類の紙幣が貼られていたり、客の名刺が貼られていたりする。遅い時間にチェック・インすると、レストランは閉まっていて、腹を空かせた客はカフェにやってきて、缶詰のソーセージを食べる。カウンターには娼婦たちも立っている。一人百ドル。今はインフレで二倍になった。

ソビエト・カフェも消滅の一途を辿っている。世界最大の共産主義テーマパークとしてのソビエトはノスタルジーの彼方に消えつつある。共産主義復活はしょせん、ノスタルジーの繰り言に過ぎない。ぼくはかつて、テーマパークの訪問者として、いくつものソビエト・カフェをはしごしたが、見るもの飲むもの全てに首を傾《かし》げ、苦笑いをしていた。カウンターの向うのロシア人たちもぼくを怪《け》訝《げん》そうに見ていた。当時、東西のボーダーはカフェのカウンターの上に引かれていた。

しまだ・まさひこ（一九六一～）作家。法政大学教授。著書に『夢遊王国のための音楽』『カオスの娘』『虚人の星』など。

23 男の社交場——トルコのカフェ

護　雅夫

　トルコのコーヒーの淹《い》れかたは独特で、ほかでは見られないから、カフェを語るにあたっては、まずそれについて一言しておかねばなるまい。

　トルコのカフェ（「カフヴェハーネ」〔コーヒー店〕、「チャイハーネ」〔喫茶店〕）や家庭でコーヒーを注文するとき、「要《い》らない」「中《ちゅう》くらい」、「少々」、——こう言うのが普通である。

　コーヒーを淹れるには、ちょうど日本の神社の手水舎《ちょうずや》にある柄杓《ひしゃく》を小さくしたようなコーヒー沸かしをつかう。わたしの手元にあるのは、直径七センチほどの本体に長さ十七センチばかりの柄がついているが、人数によって大小がある。これに、最初から砂糖をコーヒーの粉、水と一緒にいれておいて沸かすのだ。さればこそ、砂糖が欲しいかどうか、欲しいならどれだけ要るかをまえもって知らせておかねばならないというわけだ。はじめにのべたのは、そのさいの言葉なのである。

待つこと数分、沸騰したら、少量だけコーヒー沸かしに残して、日本のぐい飲みを大きくしたような、それぞれのカップにそそぐ。そこで、残ったコーヒーをさらに火にかける。すると、ブクブクと泡だってくる。その泡を、さきにカップにそそいでおいたコーヒーの表面にひろがるようにつぐ。これで、トルココーヒーのできあがりである。

コーヒーの粉が表面に浮かんでいるから、それがカップの底に沈殿するのを待って、おもむろにその上澄みだけを飲む——むしろ啜《すす》る——のだ。わたしは、はじめてのとき、それを知らずに、いきなりガブリと飲んで、口のなかが粉でジャリジャリするのに閉口した苦い——文字どおり苦い思い出がある。

それから、コーヒー占いがはじまる。啜りおわると、カップの底には、むろん、コーヒーの粉が澱《おり》となって残っている。受け皿でカップにふたをして、占いごとをつぶやきながら数回まわし、逆さにしてしばらく置いておく。カップをあけると、その内側に、それをつたって落ちた澱が複雑な模様をつくっている。その模様のかたちによって占うのだ。

トルコの都市の一つの通りにモスクがないことはあっても、カフェだけはかならずあると言えるだろう。そのカフェで、カフヴェ（コーヒー）やチャイ（茶）を啜ったり、ナルギレ（水煙草）をくゆらせたりしながら、カードや将棋に打ち興じ、また、世間話に花を咲かせるのが、トルコの男性にとって、その生活のリズムの一つになっているのだ。それこそ「一杯のコーヒー」で、数時間も、カフェでねばっている男性の姿を見かけることもまれではない。カフェが男の社交場になっているのがトルコなのだ。わたしが、イスタンブルやアンカラなどの大ホテルのカフェよりも、片田舎のカフェで、男たちのかわす政治談義に耳をかたむけるほうが好きなのは、トルコ民族史なんぞを学んだせいだろうか。

もり・まさお（一九二一～一九九六）東洋史学者。東京大学名誉教授。
著作に『古代遊牧帝国』『李陵』など。

24 アンカラの冬景色——シナモンとココア

山内昌之

トルコの首都はどこかと聞かれると、イスタンブルだと答える人も結構多いのではなかろうか。もちろん正解は、アンカラである。それにしても、この町のイメージについては、どうもピンとこないのが大方の日本人の反応であろう。私にしても、一九八二年に長期で日本を離れることになった時、知人と交わした会話を思い出してついおかしくなる。

「それで、今度はどちらにお出かけで……?」

「ええ、アンカラにいきます」

「それは分かっています。そこから、どちらにお出かけになるのですか？」

「いえ、ずっとアンカラに腰を据えるのですよ」

「大変ですね、アラスカはかなり寒いでしょうから、お体をお大事に」

この知人は、アンカラをどうやらアンカレッジと誤解したらしい。


さて、無事アンカラに着いて、町の高台に住まいを定めると、さすがに欧風の新興都市らしく、目抜き通りに瀟洒《しょうしゃ》なカフェがあるのに驚いた。というのも、イスラーム世界の伝統的な「カフェ」というと、女人禁制、男だけの社交場なのが普通だからだ。これはトルコではチャイハネと呼ばれることが多い。文字通り、「茶店」の意味である。昼間から茶やトルコ・コーヒーを飲みながら、新聞を読み、水キセルを喫して陶然たる気分にひたる者もいる。友や知人が集まると、世間話に花が咲き、時にイスラーム風のバックギャモンつまりタウラに興ずる。

私なども、アンカラの研究所の昼休み、息抜きに入ったチャイハネでタウラに我を忘れて、夕刻まで思わず時を過ごしたことがある。このチャイハネも外にテーブルや椅子を出しているので、見知らぬ人であれば思わず欧風のカフェかと思って入るかもしれない。しかし、男女連れだってという光景はトルコ人の場合にもまず少ない。何となく周囲のきつい視線にさらされるからだ。そこで、恋人たちは欧風カフェへ、ということになる。

私の家の近くに、「龍落子《たつのおとしご》」という名のカフェがあった。夏は特製のアイスクリーム、冬はシナモン（肉桂）入りのココアが名物であった。「カルシュク」という色々なアイスクリームの組み合わせは、いつも若者たちの人気をさらっていた。しかし、私としては、冬のココアの方が好きであった。夕方や夜の時分に疲れて帰る途中、あるいは散歩の折に、決まってココアを注文したので、こちらの顔も名前も憶《おぼ》えられてしまった。そこは親切なトルコ人のこと、たっぷりシナモンを効かせたココアをうんと熱くしてくれたものだ。

外気の冷たさで曇ったガラス窓を通して、淡い室内灯でほのかに浮かびあがるカフェの内部……。そして、シナモン入りのココアで一日の疲れと憂さを忘れる冬の夕刻……。それは、アナトリア高原の中心にあって、寒気厳しい首都の風物詩でもある。

やまうち・まさゆき（一九四七〜）国際関係史、イスラーム史学者。東京大学名誉教授。著書に『スルタンガリエフの夢』『瀕死のリヴァイアサン』など。

25 ジョドプールのマカニア・ラッシー

中沢新一

インドの西北部には、ラジャスターン州という、砂漠性の広大な土地が、パキスタンと境を接して、広がっている。黄色がかった砂の大地が、どこまでも広がり、そのところどころに石の城壁でおおわれた、巨大な都市が点々と存在している。これらの都市は鉄道で結ばれ、何時間もかけ、身体中が砂だらけになる、苦しい列車の旅をのりこえれば、早朝や夕焼けの空の下、黄色やピンクや茶色の石の城壁のそびえたつ、ラージャ（王）たちの築いた都市が、目にとびこんでくる。

　ジョドプールの町は、そうしたラジャスターンのラージャたちが築いた都市の中では、とりわけ巨大で、いかめしい。焦げ茶色の石をつかって、全市が建設されているので、その威容はますます重厚なものとなっている。この都市に、マカニア・ラッシーという飲みものが存在することを知ったのは、安旅行者のための英語ガイドブック『シューストリング・ガイド・インドの旅』を、砂のまいこむ列車にゆられながら、読んでいたときだ。

　このガイド・ブックは、いま読みなおしてみても、面白い。書き方がじつにユーモラスで皮肉っぽくて、いかにもインドの安旅行では、ほんとうにひどい目にあいますね、とほほ、でもほんとうの旅の楽しさとはこれですね、という感じが、じつによくにじみでているのだ。この本には、ため息やら、あきれた表情やら、驚きの声などが、いきいきと表現されている。そこに、僕は、マカニア・ラッシーなる不思議な飲みものの存在を発見したのだ。

ラッシーは、ヨーグルトを水で薄めて、よくかきまわし、そこに塩や砂糖をまぜた、とてもおいしいインド人の大好きな清涼飲料だ。だが、ここジョドプールのラッシーは、そんじょそこらのラッシーではない、「ウルトラ・リフレッシュ・ドリンク」だ、とそこには説明が書かれ、驚きマークのあとに、「トラーーイ」と書かれていた。試してみな、でもあとは保証しないぜ、といった口調だ。僕はとうぜんのことながら、この飲みものに焦がれた。

ジョドプールの裏町のラッシー屋を尋ね歩いて、僕はとうとうその「ウルトラ・リフレッシュ・ドリンク」を飲ませる店を、発見した。なんの変哲もない、インド風カフェであった。僕はおそるおそる、「マカニア・ラッシー」を注文する。店のおやじは、うれしそうに、「日本人か、よし特別製をつくってやろう」と奥に消え、ものの五分とたたないうちに、その異常なるラッシーを僕の前に運んできた。

主人はとうとう説明をはじめた。「このラッシーはスプーンが立つ」と、自慢するのだ。僕は最初、何を言っているのか、わからなかった。でも、おやじが、スプーンを立ててみろ、と言うから、僕はそうすることにした。ところが、ラッシーからスプーンがなかなか抜けない。それほど、濃いクリームなのだ。スプーンはたしかに立った。おやじは「こんなラッシーはインド広しと言えどもない」と自慢をくりかえす。口に運ぶ。このときあのガイドブックの「トライ」の意味が、僕にははっきりと理解された。あれは、奇怪な体験を共有する、自分の（不幸な？）仲間を増やすための、巧妙な罠であったのだ。

なかざわ・しんいち（一九五〇〜）宗教学、文化人類学者。明治大学野生の科学研究所所長。著書に『森のバロック』『アースダイバー』など。

26　ベドウィンのコーヒーのもてなし

堀内　勝

トントンカーン・トンカーン・トントンカーン・トンカーン。砂漠の静寂の中に小臼を搗《つ》く木の音、ないしは金属の音が広がる。トンというのは重く低く中のコーヒー豆を搗き砕く音であり、カーンというのは小臼の側面を叩く、甲高く響く音である。この音楽が聞こえてくると、その発信源のテントに来客がある、すぐにコーヒーが仕上がるので誰でも飲みに来なさい、という合図となっている。この作業は普通一家の主人の役目であるが、どこにでも音立ての名人はいるもので、そうした名人に代役を頼み、心地好い音楽を奏でてもらうこともしばしばである。

遊牧民の寛大さ、ホスピタリティーにすがって、我々外国人が訪ねても喜んでテントの中に招き入れてくれる。男の間に通され、掘ってあるいろりの周りを取り囲み座る。主人はいろりの火をトロ火にしてマルカブ（五徳）を据える。焙烙《ほうろく》を浅く小型にしたマフマーサを取り寄せ、その五徳の上にかける。二、三分後、蓋のしっかりした小箱からブン（コーヒー豆）を取り出し、その焙烙の上に乗せる。この焙烙には取手の先に鎖でヤドと呼ばれるかき回し棒が繋がれており、その棒で豆を程良くかき回して焙《い》るわけである。その間、相手の健康のこと、天候、道中のことなど尋ねたりして和やかな雰囲気を作り上げる。

こうしてコーヒー豆の焦げる香りが漂い、焙り上がったところで、傍らに用意されたハーウン（小臼）に移し入れ、先端の太くなったアムード（突き棒）で冒頭のようにリズミカルに搗き砕くのである。いろりの周りには真鍮《しんちゅう》製のイブリークと呼ばれるポットが大小四、五個並べられている。一番大きなポットには沸いた状態の湯が入っており、客の人数に応じてポットを選んでその中に焙りたてのコーヒー粉をいれ、湯をつぐ。富裕なテントならばヘイル（カーダモン）を何粒か割って中に混ぜる。香りと味の深みがさらに増す。火にかけて泡立ちを三度程待って火からポットを外す。

いよいよ客にふるまわれる段となる。主人はシャートと呼ばれる筒からコーヒー茶碗を次々と取り出す。アラビアコーヒーに使われる茶碗は我が国のぐい呑《のみ》に使われる猪口《ちょこ》より少し大きいぐらいの、取手無しのものである。主人自らか、その子供、または召使いかが、フィンジャーンと呼ばれるこの茶碗にポットのコーヒーを巧みな手つきで注いで一人一人に渡して回る。茶碗にポットの注ぎ口をつけ、コーヒーを注ぎ始めると同時に注ぎ口を離し、高く上げたまま収めるのである。この離れ技は慣れた者にしかできるものではない。失敗したら辺り一面にコーヒーの飛ばっちりが四散することになり、下手をしたら面前の客の顔にしぶきがかかることにもなりかねない。こうして一通り注ぎ終わると、二巡目に入る。というのも碗自体が小さいし、一杯当たりは並々とではなく半分ぐらいしか入っていないからである。礼儀としては三杯目までを受ける。もう十分という時には親指と人指し指とで支えている碗を小刻みに左右にふるわせる。すると注ぎ手は納得して、黙ってその碗を手で受け取ってゆくわけである。乾燥し、乾きの激しい砂漠行に、このもてなしは同時にはずむ歓談とともに、心身を蘇生させるような至福の一時を与えてくれる。

ベドウィンコーヒーはこのように砂糖無しで、香りを効かせた、キリッとした濃い目のものを何杯か飲むが、アラブ世界では他に、さらに濃い目にして砂糖をたっぷり入れた甘いドロドロのコーヒーも飲む。これはオスマン・トルコの支配時に一般化したのでトルココーヒーと言い、飲んだ後、碗をひっくり返して占うコーヒー占いの楽しみと共に都市定住民の間ではこちらの方が好まれている。さらにモカコーヒーの本場イエメンではコーヒー豆の本体ブンは輸出にまわし、ブンの外皮のみを煮出し、それに生姜を加えた黄色のコーヒーも飲んでおり、イエメンコーヒーと呼んでいる。

ほりうち・まさる（一九四二〜）アラブ・イスラム学者。中部大学名誉教授。著書に『砂漠の文化』『ラクダの文化誌』など。

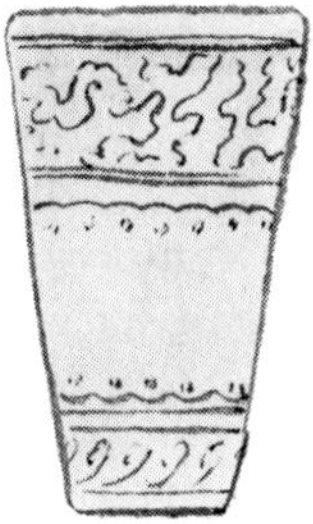

27　真夏の魔

澤田　直

真夏のマグレブを旅行する。確かに無謀だ。だが、メディナの裏道の小さなカフェでくつろいでいると、いつか疲れもとれる。それはパリのカフェとはどこか異なる心地よさだ。視覚的な違いなのだろうか？　カフェにいるのは男たちばかりで、独特の等質的な落ち着きがある。あるいは嗅覚的なものだろうか？　香辛料の匂いやら、道を隔てた屋台の焼肉の匂いやらが漂ってくる。あるいは触覚的なものだろうか？　乾いた空気が、乾燥の質が違うのかもしれない。いや、それとも味覚に関するものなのだろうか。和菓子と似ていなくもない菓子とお茶が舌にほろ酔いの麻痺感を与えるのかもしれない。

　旅行をしていると、五感が普段の数倍は敏感になった気がする。それはもちろん疲れのせいかもしれない。意味を解せない言語のつぶやきが羽虫のように耳に響く。そう、それはおそらく音の質の違いなのだ。通奏低音のように鳴り響く音が微妙に違う。それらの音に耳を澄まし続けていると、ふーっと不思議な沈黙が自分の周りにできることがある。そんな静寂の瞬間がぼくは好きだ。それはジンと呼ばれる精霊に取り憑かれてしまう束の間でもある。

　フェズのメディナを迷っていたときのことだ。高名な神学校やモスクに満ちたこの《学と知の街》はまた真の迷宮でもある。自分がどこを歩いているのかも分からずに随分と歩きまわり、漸《ようや》く裏路地の茶店に腰を降ろしたときは、注文をする気力もないくらいだった。「随分とお疲れのようですね、刺激性のものは止めたほうがいい。ジュースを頼んであげましょう」と突然現われた男がぼくの前の席に陣取った。男は独り言のようにフェズの街の由来を語り始めた。その語り方は素人のそれではなく、説教師か語り部のようで、ぼくは思わずうっとりと聞き惚れた。小一時間ぐらいも彼の話を聞いただろうか。すっかり元気を恢復《かいふく》し、フェズの街にも親しんだ気がしたぼくが彼に問いかけようとしたとき、「神の御加護をもって平安な御旅行を続けなさい」と言って男は唐突に立ち去ってしまった。

その不思議な人物が注文してくれた巴旦杏《アーモンド》のジュースに勝るものをぼくは未だに飲んだことがない。それは得も言われぬエロチシズムに満ちた肉感的な飲物だった。セム系民族にとっての天国のイメージは蜜と乳の流れる国だが、この果汁の肌理《きめ》はまさにモハメットが想像した天女たちの肌を髣髴《ほうふつ》させる。「コーランによれば、善行をつんだものは天国で清浄無垢の妻が与えられると言う。それがフール（白色の乙女）と呼ばれる神女である。死者は楽園に入ると同時に彼女らに迎えられ、地上においてラマダン月に断食した日数と善行の数だけ彼女らと歓を交えることができるが、彼女らは永遠に処女のままであるという」。男はそんなエピソードを次から次へと聞かしてくれた。その静かな語り口が今でも耳に残っている。魔法の都フェズを再訪したい。そう思いながらすでに十年が経とうとしている。だが、あのフェズのメディナの裏通りの葦簾《よしず》の掛かったカフェに座って、巴旦杏《アーモンド》のジュースを手に耳を澄まして待っていれば、また魔物めいた男に会える。そんな確信がぼくにはある。

さわだ・なお（一九五九〜）フランス文学、哲学者。立教大学教授。著書に『新・サルトル講義』『サルトルのプリズム』など。

28 紫に煙る鏡のなかの迷宮

蜷川幸雄

演劇というのはいつでも人と人とがぶつかりあう現場だ。そして演出家と俳優はその最前線にいる。画家や音楽家や小説家のように、画布や絵具や、楽器や、原稿用紙やパソコンといった、間にはいるものがないのだ。で、ぼくはときどき人がいやになり逃げだす。うまくいっているときも、うまくいっていないときも、稽古が終わるとぼくはどんどん稽古場や劇場から逃げだす。どこへ？　そう、喫茶店へだ。

エジプトの夕暮れは官能的だ。白昼の強烈な光が失せると、ナイル河をわたる風がまるで微かな紫色の香料を運ぶかのように、小さな路地が薄紫に染まる。しかしカイロの街の沸きたつような喧騒はいっこうにおさまらない。

ぼくはカイロ・オペラハウスでの稽古を終えて、ハーン・ハリーリーの路地の奥の百五十年の歴史をもつという旧いカフェ・ヒシャーウィの椅子に座っている。今日ぼくが飲んでいるのはサハラブという白く甘く、そして暖かい飲みものだ。ドロッとした、そう、ちょっととかした葛《くず》に似たその飲みものは厚い取手のついたコップに入って運ばれてくる。

旧い建物と建物の間の狭い路地の両側にはぎっしりとテーブルと椅子が置かれている。建物の土色の壁には縦二メートル、横三メートルぐらいはある大きなやはり旧い鏡が額縁にいれられて何枚もつるされている。その傾斜した鏡に、コーヒーやお茶を飲む人やその間をとおり抜けて歩いていく人々がうつる。

ぼくは水煙草をたのむ。トゥッファーハというりんご風味の水煙草だ。ついでにミントティもたのむ。ミントはコップに山盛りにささって運ばれてくる。ぼくは五、六枚ミントの葉をむしりティのなかにいれる。そしてこんどはゆっくりと水煙草を喫う。

靴みがきの老人が、エジプト特有のあの裾の長い洋服をひきずってやってきて砂でよごれた靴をみがかせろという。さまざまな外国煙草をぎっしりと箱につめた男が煙草はどうか、という。頭の上に大きな板を乗せ、その上に何百個というパンを山盛りにした少年が足早に客と客の間をすり抜けるようにして通ってゆく。そしてカイロのむせるようなあの匂い。

やがてつるされたランプに光がともる。するとそこはもう夢の世界だ。人々はコーヒーを飲み、ティを飲み、お喋りをし、水煙草を喫っている。ぼくのうしろには奥深くカフェの部屋が続いている。部屋の壁にも楕円や長方形の巨大な鏡がつるされ、天井ではゆっくりと扇風機の羽根が廻っている。

ぼくは現実の光景をみる。そして鏡の中の光景をみようと首を廻す。巨大な鏡の中にはさまざまな光景がうつっている。あっちにもこっちにも。その断片！

やがてあちこちのモスクから礼拝をよびかけるアザーンの声が流れてくる。濃密な空気がねっとりとぼくを包む。ぼくは異文化の真只中にいる。世界は遠く、人もまた遠い。

にながわ・ゆきお（一九三五～二〇一六）演出家。主な演出作に『近松心中物語』『NINAGAWAマクベス』、監督作に『蛇にピアス』など。

29　カトゥマンドゥ・ハラッパ・カフェ

南　伸坊

その「カフェ」は、レンガ造りの遺跡の、おそらくは城壁を利用したバラックだった。私はカトマンズの迷路のような小径《こみち》を歩きながら、カップから湯気の立った絵入り看板に誘われて、迷路の奥へと入ってきたのだ。するとそこは、崩れかけたレンガの壁に囲われた原っぱだった。え？と思ったが、めざすカフェはすぐ見つかった。原っぱには、おじさんが一人しかいなかったが、手造りのベンチがあり、カウンターがあり、ススでまっ黒になったヤカンがあったからだ。

「エヘヘ」とおじさんは笑った。

「ナマステ」と私は礼儀正しく挨拶した。遺跡から出土したようなコーヒーカップが、それでも一ダースばかりカゴに入っている。

　メニューは「チャイ」だけだ。見ればわかる。「何にするか？」とネパール語でいってるみたいだが、チャイしかないんだから、チャイにするしかない。「チャイ？」「チャイ！」

　チャイは牛乳で紅茶を煮出したものだ。紅茶というのは、どういうわけか、外で注文して、おいしいと思ったためしがないけれども、この牛乳で出した紅茶は、イケル。

「衛生状態」が、あれからもうかれこれ十五年経っているから、今のカトマンズとは違っているだろう。当時は、それはもう「清潔」とはいいかねる状況だった。私はそれが面白くて、毎日が新鮮だったのだが、気はつけていたから生水には手を出さないでいた。

ある時、八百屋の店先に、切り身の西瓜《すいか》が出ていて、うまそうだったが、やけにタネが多い。きっと品種改良されていないんだ、と思って近くによったら、バッといっせいにタネが飛んだ。ふつうの西瓜なのだった。おやおやと思ってると、ハエがまた舞い戻ってきて、ムヤミに種の多い西瓜にもどるのだ。

私はおじさんが、カウンターを、ぬらすようにふいているゾウキンが、すばらしく汚いのに注目していた。このゾウキンもきっと由緒のあるものに違いない。黒くみえるが、もとは白い布だったのがわかる。

ふと、私はワルイ予感がしたが、その予感は的中したのだ。おじさんはいまカウンターをふいたばかりのゾウキンで、件《くだん》の出土したコーヒーカップを、ていねいにふいてくれている。もちろんカップにホコリがついていたからなのだ。

さわぐことはない。私はチャイの殺菌力に期待した。おじさんはアルミのティースプーンも同じゾウキンできれいにしてくれた。どうせスプーンなんてつかわない。砂糖だって入れるつもりはない。私は落着いていたが

「あッ！」

と、思わず声に出してしまった。おじさんはものすごい勢いで、その漆黒のヤカンからチャイを注いだと思うと、間髪を入れずに、最前のティースプーンで、大量の砂糖をカップにかき入れてしまったのだった。

「？」

私の叫び声に、けげんそうな顔でおじさんがこちらを見上げたので、私は手を振って日本語で言った。

「ナンデモナイデス」

さて、チャイだが、うまかったのである。少し甘いが、たしかにうまかった。私は崩れかけた城壁のレンガや、原っぱの草をながめながらチャイをのんで、日本語で言った。

「オイシイデス」

みなみ・しんぼう（一九四七〜）イラストライター、装幀デザイナー、エッセイスト。著書に『おじいさんになったね』『あっという間』『いい絵だな』（共著）など。

30　知られざるフランスでのコーヒー

西江雅之

　世界の果てと呼ばれる所を訪ねる機会がわたしには多い。アフリカとカリブ海域。そこが私の行きつけの場所である。そんな土地での旅先でも、コーヒーが無性に飲みたくなることがある。

　奥地はパリや東京とはまるで異なった世界の中にある。だが、それはそれでまた特別な味わいの雰囲気を持っている。アフリカの大サバンナでキャンプをする。空と地面を夜の暗黒が塗りつぶした後、突如として起こる野獣の悲鳴を全身に浴びながらコーヒーを飲む。どこかで生命がひとつ消えたにちがいない。その生命を、一気に飲み干す。または、生き物の気配がまったく感じられない夜の砂漠の中で、静かに、あまりにも静かに輝く月を眺めながらコーヒー・カップに手をのばす。月がわたしをじっと見おろす。ここは地球だと改めて思い、その地球をぐっと一息に飲み込んでみる。

口に入るのは勿論、インスタント・コーヒーをお湯で適当に溶かしただけのものでしかない。しかしそれは、今日も自分は生きていると実感させてくれるひと時を与えてくれる。そんな気分は、都会の中ではなかなか味わえるものではない。

ところでフランスは巨大な国だ。世界中に国土が散る。既に独立した植民地や保護領の話ではない。現在もフランス国の海外領土として、インド洋にはコモロ諸島の一部やレユニオン島がある。カリブ海にはマルティニーク島、グアドループ諸島が、南米にはブラジルの北に隣接するギアナがある。北米にはカナダの大西洋沿岸のミクロン島やサン・ピエール島、等々がある。

そうした所をほとんど訪ねたと言えば、フランス好きや旅行ファンに羨まれる。そのなかでも、インド洋のコモロ諸島や、南米のギアナは、わたしの気に入りの土地である。

コモロでは海に面した宿のテラスで、まだ日が高いうちにコーヒーを飲んだ。紺碧の海の波が、浜辺に聳《そび》える椰子の木々の合間に輝く。底無しに青い空が頭上を覆う。その中を、広げた翼が一メートル程もある巨大な蝙《こう》蝠《もり》が何匹かバサバサと飛び交っている。風が吹く。椰子の葉が揺れる。尖った葉の切っ先が怪獣の鋭い歯のように、大蝙蝠が飛ぶ白昼の空の青を引き裂き、引きちぎる。現代絵画の一場面を見るようだ。

南米のギアナは、緑の絨毯そのもののジャングルに潜んでいる。昔、農園から集団で逃亡したアフリカ人奴隷の子孫が、その中にひっそりと隠れ住んでいる。そのまた奥では、今も全裸のインディオが、絶滅の日を覚悟しているかの如く、無言で森を渡り歩く。女は細い腰紐一本、男は木の槍一本を手にしただけの姿である。彼らもまた、法的にはすべてフランス人であるとされるのだろう。

　そのジャングルの入口に小さな町があり、広場に面してパリ風のカフェがあった。夜のひと時をそこでくつろいでいると、半裸で肩に旧式の銃を担いだインディオの男が、獲物の鹿を無造作に抱きかかえて、暗闇の中から現れた。そして、その鹿を買わないかと、わたしのところに寄ってきた。だらりと垂れた頭に目をやると、開いたままになった鹿の目が、優しくわたしを見つめていた。

　大きな黒い瞳が町の灯を宿していた。一人旅のわたしに向かって、鹿の目は人間の孤独を静かに訴えていた。

にしえ・まさゆき（一九三七〜二〇一五）言語学、文化人類学者。著書に『花のある遠景』『ピジン・クレオル諸語の世界』など。

31　チュニジアのカフェ

巖谷國士

チュニジアのシディ・ブ・サイドは不思議な町である。首都チュニスから北へ、電車で三十分ほど。駅を出てしばらく行くと、不ぞろいな四角形の、だがどれも白い漆喰《しっくい》にぬりこめられた建物がふえはじめ、気がついてみると周囲はもう真っ白だ。冬の陽光の下でもその白さはまばゆい。窓や扉など木の部分だけは薄い青なので、まばゆい白に涼しげなアクセントを加えているようでもあるが、それでもどこか現実ばなれのした、真っ白な魔法の世界に入りこんでしまった気がすることはたしかである。

坂をのぼりつめたところにやや大きな二階家が見える。なぜか世界最古のカフェを名のり、観光的にも知られているカフェ・ド・ナットである。ここだけは正面に木の柱や欄干のある建物なので、薄い青のほうが目立つ。階段をのぼってイスラーム式の馬蹄形アーチの戸口を入ると、なかはやはりどこか現実ばなれのした空間である。

天井の高い四角形のホールが複雑な形に区分けされている。芝居小屋を思わせる桟敷《さじき》が各所に設けられていて、客は履物をぬいでそこへあがり、胡座《あぐら》をかいたり膝をたてたりしてすわる。薄暗くもやっとしたその空間はミントやコーヒーの香のまじる特異な空気にみたされている。

私も桟敷席にあがる。そこから見ると店内が舞台のように思える。あちこちの桟敷で水煙草をくゆらす人、低い声で話す人、放心状態におちいっている人。男しかいない。ほとんどがジュラバ（マントのような民族衣裳）を着ている。麻雀のような、あるいは花札のようなゲームにふける男たちもいる。

彼らの表情は一様にむっつりとしていて物静かで、禁欲的でありながらどこか快楽的でもある。やはりむっつりとした若い店員のはこんでくるコーヒーもそんな味だ。トルコ式の淹《い》れ方で、小さな円筒の器からすこしずつすするこの液体は、なまぬるく甘くとろりとしているが、後口に香ばしさといがらっぽさをいつまでも残す。そしてこんな空間のなかでこんな飲物とつきあっていると、いやおうなしに夢想にひきこまれてゆくのを感じる。

菓子も甘い。小さくて白くて丸いもの、菱形や三日月形をしたもの、環の形になったもの、どれも一見抽象的な幾何学立体を思わせるが、口に入れると甘くねっとりとしていて、干した果物や砕いたナッツがまじり、ときには未知のスパイスが刺してきたりして、受身の夢想に弾みをつける。私は遠い東方のオアシスの泉と樹々のありさまを思ったりする。泥で築かれた城の屋上の庭園に咲きみだれる花々を思ったりする。三十分もすると飽和感がきざし、店内のもやっとした空気と自分の夢想との区別がつかなくなってくる。

それで外へ出る。日はすこし傾いている。だが家々はあいかわらず白い。白くまばゆい幾何学立体のあいだに、こんどは海の青が見えてくる。地中海はとろんとしたチュニジアン・ブルーをたたえている。コーヒーと菓子の後口に風がまじる。思いがけない潮の香に目がさめたような気がして、さらに海辺へとくだる坂道を歩いてゆく。

――というような午後を、もういちど味わってみたくなることがある。ここのカフェが世界最古かどうかはともかく、時を忘れさせる力をもっていることだけはまちがいない。

いわや・くにお（一九四三〜）フランス文学者。明治学院大学名誉教授。

著書に『シュルレアリスムとは何か』『澁澤龍彦論コレクション』（全五巻）『マン・レイと女性たち』など。

32 甘いお茶の想い出

松浦美奈

　もう何年も前、某深夜番組の海外取材でチュニジア全土を十日間かけて旅したことがある。ただでさえ暑いチュニジアの七月、しかも数年ぶりという猛暑の中、チュニジアン・ブルーの地中海に面したカルタゴからロケをスタート。私たち一行は南へ向かって毎日ひたすら移動を続けた。

　乗り物はラクダならぬ４ＷＤだが、気分は〝アラビアのロレンス〟。三六〇度広がる圧倒的なパノラマ風景に感動しつつも、正直言って暑い！　連日、炎天下での撮影で疲れ、ひからびて口もきけない私たちの唯一の救いは夕方、次の町に到着し、ホテルのチェックインもそこそこに駆け込むカフェでの冷たい飲み物だった。

あまりに喉が渇くと人間の体は甘いものを受けつけなくなるのかどうか、私たちは絞った生レモンと水だけの「シトロン・プレッセ」を砂糖なしで何杯も飲みほした。その時の私たちの表情には、きっと鬼気せまるものがあったのだろう。ひと息ついて、ふと周りを見まわすと、カフェのお客が私たちの様子をけげんそうに見つめている……。最初の三日間は、そんな有り様だった。

だがロケも四日目を過ぎるころには、こちらの体も暑さに順応する。移動しながら撮影をこなし、次なる町に着く夕暮れ時に、さほどの渇きも覚えず穏やかな気分でカフェに入っていけるようになった。

地平線の彼方には熟したようなモーブ色の夕日が輝き、どこからともなく聞こえてくるコーランのひびきが、いいようのない異国情緒をかきたてる。カフェに憩う男たちは、どこの町でも皆なぜか耳にジャスミンの花をさし、けだるそうな風情で暮れてゆく夕景をながめながら、とても不思議な、妖しいムードをただよわせていた。

男たちはたいてい甘いお茶を飲んでいた。私も試してみたけれど、温かいジャスミン茶に砂糖を大さじ二杯は入れた強烈な甘さで、ひと口飲むのがやっとだった。

永遠に続くかと思われる土漠の中に、消え忘れてしまった蜃気楼のように存在するシェニニ村でのこと。サハラ砂漠の入り口にかなり近づいたその村には、カフェなどなかった。そして、その村での撮影が私たちの旅の終わりでもあった。スタッフは皆、なぜか無言で撮影を進めていく。最後のカットを撮り終わり、それぞれの胸に様々な思いを抱きながら無言のまま機材を片づけていると、一人の少年がお盆を手に私たちの方へ歩いてきた。そのお盆の上には、私たちの人数分のお茶、あの甘いお茶がのっていた。

「疲れただろう、飲んでって」と少年は言った。

〝旅人には、もてなしを〟がイスラムの教えだというが、その甘ったるいお茶は、たとえようもないほど美味しく、チュニジアの旅のエンドマークにふさわしい最高の贈り物であった。そして、その少年は小声で、だが自信に満ちた様子で私に言った。

「またチュニジアにおいで。僕のお嫁さんにしてやるよ」と。

少年は十一歳、私の半分以下の年であった……。

まつうら・みな　映画字幕翻訳者。主な翻訳作に『ブラック・スワン』『アナと雪の女王』『君の名前で僕を呼んで』など。

33　アフリカ点描

森本哲郎

コーヒーというと、どことなくアラビアの幻想が浮かびあがってくるが、イスラム文化圏をあちこち歩き回っても、カフェなるものにあまりお目にかからなかった。アラビアは、たしかにコーヒーの原産地なのだが、砂漠の民は、コーヒーより、むしろチャイを好むようだ。ヒョウタン形の小さなガラスのコップに高くかざしたヤカンから勢いよくチャイを注いで、それに砂糖をうんと入れる。だから掻きまわしたら最後、甘みで胸が焼けてしまう。しかも、それを三杯飲むのが礼儀とされているから、上澄みをそっとするのがコツである。一杯目は疲れをいやすため、二杯目は心の平安のため、そして三杯目は友情のしるしである。

私はアフリカにとりつかれ、この大陸のかなりの国々を旅した。地中海岸はもとより、サハラを越え、ニジェール川を渡ってもイスラム文化は、いたるところ、しっかり根づいている。どれほど私はチャイの接待を受けたことか。むろん、飲みなれるとチャイはうまい。とびきりのご馳走と言っていいかもしれない。しかし、私はそれ以上にコーヒーが好きなので、やがて、たまらなくコーヒーが飲みたくなる。が、どの町に行っても、かんたんにカフェにすわれるというわけにはいかなかった。そんなわけで、わたしにとって忘れることができないのは、アフリカで思いもかけずに出会ったコーヒーの香りなのである。

まず、アルジェリアの首都アルジェのホテル・アレッティである。ジャン・ギャバン主演の名画『望郷（ペペ・ル・モコ）』の舞台ともなったこの古いホテルに、私は一カ月余りも滞在していた。もう、三十年近くも前のことだが、熱帯樹の植込みの傍《かたわ》らにあるホテルのカフェで、私は朝となく、夜となく強い香りの濃いコーヒーを愉しんだ。そのとき、私はサハラの奥にあるタッシリ・ナジェールという岩山へ入ろうとして、その許可がおりるのを何日も待っていたのである。波止場から船の汽笛が響いてくる。すぐ近くには〝庶民の城〟ともいうべきカスバがそびえている。名も知らぬ鳥の声を耳にしながら、ゆっくりとすすったコーヒーの味！ それは昨日のことのように記憶に刻まれている。

　第二に東アフリカ、ケニアの首都ナイロビからキリマンジャロを目ざしたときのことだ。ジラフの土地を抜け、シマウマの草原を越え、ライオンの藪《やぶ》を過ぎてタンザニアに入り、雄大な〝ヘミングウェイの山〟の回廊を走って進むと、車は赤土の急坂を登り始めた。あたりは一面の靄《もや》である。靄はいつしか渦巻く雲に変わった。と、いきなりその白い霧の中から血のように赤いブーゲンビリアが現われた。それはキリマンジャロの中腹にあるキボ・ホテルの垣にまつわりついたブーゲンビリアだった。標高は二千メートルを越えているだろう。冷え冷えとした雲をかき分けるようにして山荘のようなホテルに入り、ロビーに荷をおろすや、マネジャーが、「まあ、一杯いかがです」とすすめてくれたのが、何とキリマンジャロ・コーヒーだったのである。

以来、私は何度アフリカの大地を踏んだことだろう。私のアフリカは、いつもこうしたコーヒーの香りとともに、わが胸に甦ってくるのだ。

もりもと・てつろう（一九二五～二〇一四）評論家。著作に『生き方の研究』『森本哲郎　世界への旅』『吾輩も猫である』シリーズなど。

34 まだのまないコーヒーの話

吉本隆明

昔の田端文士村というのは、この辺かなといったところのアパートに暮していた。三十歳をすこし過ぎたころだが、お金がないのに暇ばかりあって、田端と日暮里の高台から坂を下りてまた本郷、駒込台の方へ上ってゆく地域のケーキやさんを荒しまわって、どこがうまいなどと粋がっていたときがあった。そのなかで最後までのこったケーキやさんのひとつにストレル（Sthorer）というのがある。散歩がてらに独りで、また奥方と寄ってときどきケーキを買っていた。ストレルって何だろうとおもって辞書をひいてみても見つからないから、たぶん地名か人名かも知れないと思った。ここのケーキはひと味ちがうというのか、本格的な味がした。本格的というのは、いわく言い難いのだが、比喩でいうと女の人のスカーフの色などで、日本にはこんな緑色はないが、フランスの風物にはこんな色あるというのによく出あうことがある。おやっという異邦的な珍らしさと、温帯にはない沈んだ緑の落ちついた色調だ。ストレルのケーキにはそんな趣きがあった。わたしなどの粗っぽい味覚には、甘味の素材と使い方の特異さしかわからないのだが、きっとしかるべき由緒があるのだろう。あるときから味覚の専門家ともいうべき山本益博さんの色紙が掲げられるようになった。「ストレルのモンブランはパリの味」というのだ。わたしには甘味の使い方のよさしかわからないで、うまいと称して喰べているのだが、山本さんにはもっと色んなことが判っているにちがいない。下町もこの界隈のしかるべきケーキやさん、古本やさんの店に安藤鶴夫さんの色紙をよく見かけた（もちろんストレルにもある）ころから、ストレルでケーキを買っていたから、山本益博さんよりこの店は長いかもしれない。だが喰べればいいんだろうといった味覚音痴と人見知りで、いつでもこれとこれください、はいという調子で歳月を過してきた。これは気楽であるとともに、おれと住んでいる土地や人との付き合いは、いつもこれなんだよなというじぶんの資質をかえりみる寂しさもちょっぴりあった。

ところがあるときからストレルはケーキの売り場の隣りにつづけて喫茶室をつくった。ちょうどその前後のころかとおもうが、吉本ばななの登場とともに、わたしの物書きとしての匂いがわかられたかなという感触になった。もちろん吉本ばななはわたしや奥方に抱かれて、赤ん坊のときからストレルの店先に登場していた。そしてとうとうあるとき、彼女に誘われて色紙を書く破目になった。わたしはうまいケーキとコーヒーを求めてやってくる二人連れや家族連れを想像して「対なる幻想　共同なる幻想」と色紙に書いた。もうひとつエピソードを記すと、つい二年ほど前、ストレルのケーキをさげて自転車を曳《ひ》いたまま、店のすぐ前の横断歩道をわたっていて自動車と衝突した。つんのめってしまってケーキの箱は投げ出され、つぶれた。相手の人が恐縮してわたしが買ったよりもずっとおおいストレルのケーキを弁償してくれた。わたしの方はチェーンを覆ったフェンダーが凹んだ程度のことで、一瞬肝を冷したが、儲かった気分になった。その横断歩道をわたると駒込公園があり、そのなかに縄文貝塚の駒込遺跡がある。この坂の下は大昔、海が入りこんでいたのだ。

あっ、忘れるところだった。わたしは何となく照れくさくて、まだストレルのコーヒーをのんでいない。それなのにイメージのなかではもう何杯ものんでいる気がしている。

よしもと・たかあき（一九二四〜二〇一二）詩人、評論家。著書に『共同幻想論』『心的現象論序説』『吉本隆明全集』『親鸞の言葉』『吉本隆明わが昭和史』『憂国の文学者たちに　60年安保・全共闘論集』など。

35　暗い暗い快楽

赤瀬川原平

日本人は「とりあえず」というのが好きだから、街には喫茶店というのがよくある。とりあえず喫茶店で待ち合せ、とりあえず喫茶店で打ち合せを、あるいはとりあえず一休みとか、そういうことになりやすい。

むかしはしかし「とりあえず」感覚だけではなくて、若者はもっと喫茶店そのものに憧れていた。喫茶店にはコーヒーがあるからで、漢字で珈琲と書いたりする。

コーヒーというのはコーヒー豆が原料だけど、それよりも西洋のエキスという感じが実体であって、そこに「憧れ」というものが生じていたのだ。

さらに喫茶店にはレコード音楽が流れている。LPレコードである。それもラジオではなかなか聴けない有難いクラシック音楽で、のちにはモダンジャズの流れている喫茶店も出てきた。

それが私たちの若いころの喫茶店の姿で、一九五〇、六〇年代のことである。

クラシック音楽の喫茶店でいちばん印象深いのは中野の「クラシック」で、店内はどっぷりと暗い。とりあえず待ち合せとかいう感じは微塵もなくて、どっぷりと暗闇の中にひたり込むという感じである。コーヒー代の安いのは有難かったが、コーヒーは味も香りもずいぶん遠くの方でしているようで、しかし清貧の私たちにはそれで充分だった。それよりコーヒーに付いてくるミルクが大変なもので、ミルクそのものはともかく、それを入れたミニカップはライポンなどの洗剤入れの蓋を利用していた。内側にネジ山の螺旋《らせん》があるのである。

そこに来ているのは全員が暗い男や暗い女で、本当は明るいのかもしれないが、そこの暗闇にひたり込むと、人生とか世の中とかがいかに暗いかということを考えるほかはないのだった。そういう憂鬱《ゆううつ》が気持よかった。いまそういう快楽を知る人は少ない。

三鷹に「第九」という音楽喫茶があって、そこはトーストが三十円だった。そこへ私たち清貧の画学生三人で行って、一人十円ずつでトースト一つ、トーストというのが四切れあって、最後の一切れを三等分しながらショスタコヴィッチとかプロコフィエフとか聴いていた。音楽も左翼の時代である。

三人で来てコーヒーも頼まずトースト一つというのには、最初、女店員も困った顔をしてマスターにおうかがいを立てた。私たちがどきどきして結果を待っていると、マスターは私たちの様子に清貧があふれ出ているのを見たようで（いいだろう）と女店員に目で合図した。偉大なマスターだと思う。

阿佐ヶ谷に「モーツァルト」というのもあった。ここではとくにそういうことはなかったが、レジの奥にちらりと美女が見えて、それが本当に美女かどうか気になりながら、ここでもやはり暗い憂鬱の快楽にひたりながら、シューベルトとか、ベートーベンとか、ドボルザークとか聴いていた。コーヒーというと、まずそういう空気が溶け出してくる。

あかせがわ・げんぺい（一九三七〜二〇一四）画家、作家。著作に『超芸術トマソン』、尾辻克彦名義で『父が消えた』など。

36 茶室ではなく、茶店《さてん》——京都の喫茶文化

鷲田清一

京都は喫茶店の街だ、と言うと、ちょっと意外におもわれるかもしれない。京都はカフェ文化ではなく茶道文化の街ではないか、と。

京都の街を入れ代わり立ち代わり支配してきたのは、つねに外部者であったので、京都には市民の自治的なネットワークというものが、表に裏に、かなり緻密に形成されている。市内にはほぼ百軒ずつぐらいの割合で、町内というものが形成され、それがまた十個ほど集まって学区を形成している。そして町内にはお地蔵さんと仕出し屋さんがある。いまも町内の各組

が交代でお地蔵さんのお世話をしているし、寄り合いのときや一年の節目となる行事のときにはその仕出し屋さんから季節の料理をとる。

　たぶんこういう街の仕組みが、寄り合い場所としての喫茶店を生みだしたのかもしれない。もっとも、喫茶店というと時代はもうモダンなので、寄り合い場所というより、モダンボーイや学生、左翼活動家、詩人や画家といった人たちの溜まり場だったといったほうがいい。

　その多くはいまも、床板をぎしぎしきしませながら営業しており、椅子も木製でベルベットを張ってあるものが多い。木屋町の「フランソワ」、京大前の「進々堂」、同志社前の「わびすけ」、河原町の「夜の窓」、三条の「イノダ」などは、じっくり話し込むのに最適の場所だった。何時間いてもおこられなかったし（ただしトランプをすると追い出された）、戦前はマルクス主義者の密談の場だったと聞けば、すぐに幕末の祇園のお茶屋や居酒屋をおもいだしてしまう。

ところが京都の喫茶店にはもう一つの顔がある。河原町の「築地」や「るーちぇ」、出町の「柳月堂」、そしていまは閉店になったが、百万遍の「らんぶる」や荒神口の「しあんくれーる」などは、ひとが孤独になれる場所としてあった。ひとりで本を読んでいたいとき、だれとも話したくないとき、ひとが何をするでもなく、気をつかわないで自分のなかに陥没していられる場所として。まさに *alone together* の世界である。

先日、学生時代を京都で過ごした詩人の佐々木幹郎さんとおしゃべりしたときに、ふとむかし通いつめた喫茶店の話になって、自分があの詩を書いたのはあの店のあの机だと、全部おぼえているとおっしゃっていた。カフェの哲学者であるサルトルやシェーラーなら、あの論文はあの町のあのカフェで、ということになるのだろうか。

こういう店には、もう一つ別の種族も通いつめる。なんとなく家を空けていたい老人や、家人から離れていたい嫁……というとちょっと暗い感じになるが、京都には「着倒れ」ではなく「気倒れ」の人がけっこう多いのだ。そんな人たちの休息所としても喫茶店はある。

　そういう店の雰囲気にちょっと浸るだけでも、はじめて訪れた都市の魂というものは呼吸できるのだ。

わしだ・きよかず（一九四九～）哲学者。大阪大学名誉教授、京都市立芸術大学名誉教授。著書に『「聴く」ことの力』『モードの迷宮』など。

37　赤い灯、青い灯

横尾忠則

「カフェ」といえば、ぼくがうんと小さい頃、そう、四、五才の頃のことを想い出す。

ぼくの家は兵庫県の西脇という町にあった。ぼくが生まれる以前は商店街で呉服商を営んでいたというが、生まれた時は別の家に移っていて、住宅地の一角にあった。

父は呉服を自転車に積んで料理屋やカフェなどを廻っていたようだ。ぼくが記憶しているのは自転車の前に付けられた小さい腰掛けに乗せられて、得意先の店によく連れられて行ったことである。

特にぼくはカフェのネオンが大いに気に入っていた。夜になるとネオンの灯りが見たくなって、父に、

「あかいひ、あおいひ、見につれてって」

とせがんだものだ。

カフェの名前はもう忘れてしまっていたが、今ふとぼくの脳裏に「ともえ」という言葉が浮かんだ。「も」にアクセントがあって関西風の発音である。

その「ともえ」の点滅する赤と青のネオンを一日一回は見なければどうも寝つきが悪いのだった。これが子供の頃だったのでよかったが、大人になってからだったらどうもたちが悪いというものだ。

さっき四、五才の時だと書いたが、このネオンの赤い灯、青い灯は父か母の背中におんぶされて見た記憶が濃い。すると二、三才だったかも知れ

ないが、今でもその様子はよく憶えている。そんなに昔のことのようには思えないくらいである。

このカフェの中を一度だけ見せられたことがある。天井から色とりどりのモールのようなものがぶら下がっていて、着飾った男女がダンスを踊っていたように思う。

そしてカフェのことを「カフエ」と呼んでいた。現代のカフェはカフェバーとかカフェテラスを指すが、「カフエ」はもう少しレトロっぽい大正ロマンという感じがぼくにはして、何か懐かしい風情がある。

ぼくは心情的に懐かしい感情というものが好きである。この感情は下手をすると懐古趣味に陥り易いかも知れないが、どこからともなく鼻先をいい匂いがスーッと掠めていく時のあの感じに似ている。そんな時ぼくは一瞬、過去の時間の中にワープしているのである。「カフエ」という言葉はぼくにとってはまさにそんな瞬間の感覚である。

最近あちこちで見るフランス風のオープンエアのカフェテラスは「カフエ」と全く別種のもので、「カフェ」と「カフエ」を一緒にして考えることはぼくにはできない。ぼくが知っている「ともえ」というカフエは竹久夢二の絵にでてくるようなアールヌーボー風であったり、着物にエプロン姿の女給がいたりする、そんな風景だったのである。

「カフエ」という言葉を聞くとぼくは両親の青春時代を想ってしまう。それはぼくの青春時代より何十倍も魅力的で、懐かしい感情で胸がいっぱいになってしまうのだ。なんとも不思議なことである。

よこお・ただのり（一九三六〜）画家、作家。代表作に『腰巻お仙』『大阪万博せんい館』、著書に『ぶるうらんど』『言葉を離れる』など。

38　喫茶店嫌い

松山　巖

私は喫茶店に一人で入ることを滅多にしない。コーヒー、紅茶より日本茶が好きなせいもある。喫茶店を利用するのは仕事の打ち合せか、友人知人との待ち合せの際におおむね限られている。そうした店は判り易いのが第一であるから、大半は客で混み合っている。人の多い場所は息がつまる。だから、もう一度行きたいと思うような喫茶店を私は残念ながら知らない。

にもかかわらず、私はいっときコーヒー専門店と称する店に毎日のようにかよったことがある。美人のウェートレスがいたからではない。

十数年前まで私は建築の設計をしていた。こう見えても私は一級建築士なのである。その頃、私のところへ喫茶店を経営している友人が、インテリアを設計して欲しいといってきた。長年やってきた店が道路拡幅で取り壊されることになり、某駅前のビルの一階で店をはじめるから、設計して欲しいということであった。

私は気が進まなかった。建築家はインテリアと建物を一体のものとして考える。他人が作った容れ物のなかでインテリアだけを考えるのは、という自負もあった。その上予算も少ない。友人の依頼だから、まともな設計料ももらえない。しかし断わりきれず、簡単に一案を描いて彼に見せた。

すると彼は、この店は何色かと私に尋ねた。私はその質問に驚いた。建築家は基本的に使う素材の質感や色調を重んじて、色を塗ることはあまりしない。彼は、白っぽかったり、派手な原色だと若い連中ばかり集まる、家族連れやお年寄りもくるようにしないと経営上困る、といった。そこで逆に私は、どんな色がいいのかと訊いた。ベージュかこげ茶、銅板の飾りを付けるのが、コーヒー専門店の流行りだと答えた。

それから私は連日、コーヒー専門店にかよいつめ、彼の言葉をナルホドと思い、さらにどのような席に客は好んで坐るのか、出入りの良い店はどうなっているかを観察した。彼の家族の生活を一軒の店が背負わなければならぬことを悟ったからである。私は一所懸命に設計をした。デザイン上の自己主張は禁じた。席数を多くとりながらも狭い感じを与えぬように椅子も設計し、看板から店名のロゴまでデザインした。店はにぎわい、その後潰れたという話も聞かない。設計料は雀の涙程度だったが、それなりに満足した。

じつはもう一軒喫茶店の設計をした。いや設計といえるか。友人の写真家が、出身地石巻で知り合いが喫茶店をはじめるから、一週間でしかも設計料なしでデザインしてくれといってきた。乱暴な話だから再三断ったが、強引さに負けてプランと外観だけ図面を引き、彼が石巻に発つ朝に渡した。建築家としては乱暴な仕事である。

数年後にその店を訪ねた。外観もプランも私の図面に合っていた。ただ椅子がすべてロッキングチェア、揺り椅子なのに驚いた。壁、天井、照明には金をかけず、せめて椅子だけは少々高くとも丈夫なものをたしかに指示はした。お客さんはのんびりしていいとおっしゃいます、と店の人はいった。トイレに入ってさらに驚いた。大きなシャンデリアが吊されていた。店の人はシャンデリアを飾る内装を希《のぞ》んだのに私の指示とは異なり、買った後に仕方なくトイレに吊したのだ。

石巻の店はのんびりとした良い店だったが、一年後閉じた。混んだ店は嫌である。かといって客が少ないと気になり、ますます喫茶店に行く気がしない。

まつやま・いわお（一九四五〜）作家、評論家。著書に『乱歩と東京』『松山巖の仕事』『ちちんぷいぷい』など。

39　カフェテリアのざわめきのなかで

吉田加南子

家の近くのよくゆく喫茶店がある。近くでなくとも寄ることの多い店もある。けれどカフェテリアまで入れてよいのなら、これまでに足をはこんだ回数の最も多いカフェは、お茶の水のアテネ・フランセのカフェテリアではないかと思う。

高一のとき（東京オリンピックの年）から学校で選択科目としてフランス語をとり、その年の夏から、大学院生となる頃まで〈アテネ〉に、生徒として通い、そのあと講師として二、三年勤めた。途中ゆかなかった時期もあるが、高校生の頃は週三回、夕方の授業にきちんきちんと通った。家と学校が、その頃のわたしの世界のほぼ全部だった。〈アテネ〉にゆくことは、その世界から少し外に出ることだった。フランス語や、フランス語を通して垣間見るフランス文化が新鮮だった。フランス人の先生は誰も、それぞれにフランスを体現していた。鋭角的なショートカットがよく似合うG夫人は、いかにもパリジェンヌという感じだった。教壇に立たれると、目の前にいて受け答えもしているのに、そこだけ違う世界のようだった。〈アテネ〉では教室でもカフェテリアでも、まわりは年上の人ばかりだった。高校の同学年だった人が、わたしやその他の同窓生にふれて「彼女達のセーラー服姿が目に浮かぶ」と書いているのを最近読んだが、ほんとうに、大人のなかにまじった、どんな生徒だったのだろうか、と思う。

　学校（女子校）の昼礼で生徒課の先生が「爪を磨いてはいけません」とおっしゃったとき、マニキュアのことだとわからないおくてだった。男子校の生徒と派手につきあっている同級生を見て、わたしには異性と華やかな交際をする才覚などない、と思い、校則違反で呼び出された生徒がいると聞いて、自分には校則を破る覇気もないのだ、と思った。

自分というものが、よくわからなかった。何かに憧れていて、けれどそれが何なのか、わからなかった。どこかを見ているつもりで、けれど自分の前に広がる空間があまりに茫漠としていて、何を見ているのかわからなかった。自分自身も取りとめがないように思われた。

学校でのフランス語の授業や〈アテネ〉で、一種精神的な自由を味わいながら、フランス語の勉強がどこに、どうつながってゆくとも考えていなかった。

〈アテネ〉のカフェテリアのざわめきのなかで教科書やノートを広げながら何回となく飲んだはずのコーヒーや紅茶の味は、覚えていない。窓の外のビルに灯《ひ》がともされてゆく光景を覚えている。点《つ》いて、また消される灯もある。夕靄《ゆうもや》に包まれたその明滅は、はるか彼方の、夢のなかの場面のように見える。同時に、遠くからの光がその夢をくぐって、ここまでやってきたようにも見える。遠い世界から届けられた呼びかけの合図のように瞬《またた》いている光……。

あのカフェテリアで、特別に誰かと出会う、というようなことは起きなかった。けれど出会いと呼ぶしかない何かが、やはり起きていたのではなかったか、と、いま思う。

よしだ・かなこ（一九四八〜）詩人、フランス文学者、翻訳家。学習院大学名誉教授。著書に『定本闇』『言葉の向こうから』など。

40　Kさんと「クラシック」

城山三郎

中野に「クラシック」という音楽喫茶があった。いまもあるのかも知れぬが、過去形を使ったのは、私が通ったのは、四十年ほども前のことだからである。

ひっそりした路地に在る重厚な感じの店で、喫茶店などという軽やかなひびきのものではない。ＢＧＭ代わりに、いつもクラシックが低音で流れていた。長い曲が多いため、自分の希望曲がかかるまでには、二時間、三時間と待つことも、珍しくなかった。

学生風の客が多くは一人で来て、目を閉じたり、本を読みながら聴いている。話声など耳にしたことがなかった。あれでよく店が成り立ったものだと思う。店主がよほどのクラシック好きか、あるいは学生思いであったのか。いずれにせよ、文化にかかわり、採算を度外視するものがあったわけで、その意味でもキャフェという他はない。

その店で、私が注文するのはベートーヴェン、偶《たま》にチャイコフスキー。その繰り返しであった。戦争下に育った私が、はじめて本格的な音楽に触れたのは、終戦後、大学予科（旧制高校）の寮に入ってからのこと。

同室の一年上級のKさんが、哲学青年であり、クラシック・ファンでもあって、さまざまなレコードを持ってきては、手廻しの蓄音機にかけてくれた。

また寮祭のときには、Kさんは『罪と罰』を脚色し、一メートル八〇の長身なのに女役を演じ、伴奏音楽にはメンデルスゾーンの『ヴァイオリン協奏曲』を使った。おかげで、いまになっても、ドストエフスキーを読む度に、私の耳にはメンデルスゾーンのメロディが流れてくる。殺風景な寮の一室で聴いたさまざまなレコード。その中で、いちばん私の気に入ったのがベートーヴェンであった。ところが、レコードが買えぬ上、六人一室では最下級生の私が好きな曲ばかりかけているわけには行かない。そうしたとき、希望のレコードを聴ける店として、Ｋさんが「クラシック」を教えてくれたのである。

Ｋさんは卒業後、大手銀行に入って出世コースを進んだ。そして、役員になる直前、大病をしたが、克服。大きな研究機構のナンバー・ツーになった。

もともと学者肌のＫさんには、似合いの仕事。夫人は料理上手であり、社交ダンスの名手。ひとりっ子のお嬢さんは高級官僚と結ばれ、孫もできた。人々の夢見る美しが丘に二世帯住宅をつくり……と、うらやましいばかりの第二の人生。都心の高層ビルに在るオフィスからの眺めも抜群とあって、昔の話をするのもはばかられる気がしたが、Kさんは相変らず気さくであった。

そして、ある朝、例によってKさんを訪ねようと電話すると、その電話の直前に急逝という。私は言葉を失なった。

Kさんを誘って、いつか「クラシック」を探し訪ねてみよう。そして、メンデルスゾーンを聴こうと、ひそかに思っていたのに。その夢は無残にも消しとんでしまった。

しろやま・さぶろう（一九二七～二〇〇七）作家。著書に『総会屋錦城』『落日燃ゆ』『もう、きみには頼まない　石坂泰三の世界』など。

41 甘味喫茶について

柴田元幸

甘味喫茶では、誰もが真剣に注文する。普通の喫茶店みたいに、おしぼりで顔をごしごしやりながら「俺、ホットね」とか言ったりはしない。みんな両手で品書きを握りしめ、おしるこ系あんみつ系ところてん系抹茶系それぞれいくつもバリエーションを備えた選択肢を、一つひとつ仔細に検討する。そしてひとたび食べ物が出てきたら、みんなとても真剣に食べる。スポーツ新聞を読みながら片手間に食べたりはしない。甘味喫茶では、人は食べ物と本当に対峙する。

甘味喫茶は、とても混んでいるか、とても空《す》いているかのどちらかであるように思える。混んでいるのはたいていオフィス街にある店で、客の大半は会社勤めの女性たちである。勤め帰りの時間に行くと、そういう店はおそろしく盛り上がっている。女性たちは楽しそうに食べ、喋り、笑っている。糖分だけであれだけ盛り上がれるのはすごい。アルコールなしで盛り上がれるのはいいことである。

甘味喫茶で空いているのは、住宅地にぽつんと建っている店などである。こういう店は概して静かで品がよく、店内の調度品や食器も趣味がいい。給仕をしてくれるのも、たいていは着物姿の上品な中年女性である。お金を払おうとすると、「あらまあよろしいんですのよ、お金なんて」と言ってくれそうな雰囲気さえあるが、さすがにそうは行かない。甘味喫茶といえども資本主義から自由ではない。

甘味喫茶では音楽も控え目の音量で、たいていは琴か何かの、耳あたりのいい音楽である。確かな個性、というようなものではないが少なくとも最悪の選択ではない。「ツーホット」とか「レティワン」とかいった愛しづらい日本語を聞かされることも比較的少ない。

甘味喫茶を仕事に使う人はめったにいない。「私ども一応ですね、ただいまこちらが、あの一応、重点キャンペーン地域ということになっておりまして、それでまあ、ぜひですね、サンコーさんにもご協力いただければと」とか「こちらとしても、慈善事業で横島さんにご融資したわけではないですよ」とかいった会話も聞かずに済む。

甘味喫茶で唯一困るのは、あんみつのあんが、つぶあんではなくこしあんであることが多いことだ。しかも、つぶあんとこしあんの違いに関して甘味喫茶関係者はしばしば無自覚である。「あんみつのあんはつぶあんですか、こしあんですか」と訊ねると、まるで「おたくのトイレのトイレットペーパーはシングルですか、二枚重ねですか」とでも訊いたみたいな顔をされることがある。が、仙台のある甘味喫茶では、つぶあんとこしあんを選ぶことができる。しかも、黒蜜と白蜜を選ぶこともできる。初めて行ったときは夢かと思った。

甘味契茶で、つぶあんのクリームあんみつを、ゆっくりと、しかしアイスクリームが融けてしまわぬだけの速度をキープし、アイスとあんのバランスを考えつつ、かつ最後にかんてんばかり残ってしまわぬよう配慮しながら食べる。それは日本におけるカフェ文化の、最良の具体的実践のひとつである。

しばた・もとゆき（一九五四〜）アメリカ文学者、翻訳家。東京大学名誉教授。著書に『生半可な學者』『アメリカン・ナルシス』など。

42 東豊街の映画的時間

上野昂志

たとえば、いま、お茶を御馳走してあげるから、行きたいところをどこでもいってごらん、といわれたら、躊躇なくわたしは、台北市の東豊街にあるK茶房の名をあげる。そこで日がな一日、籐椅子に腰をかけ、お茶をときどき替えてもらったりしながら、本を読んだり、ぼんやり物思いに耽ったり、居眠りしていられたら、どんなに幸せだろうと思う。

わたしが初めてそこに行ったのは、一九九一年の七月だった。思い出してみれば、その日はかなり贅沢な一日だったと思うが、初めは予定していなかったのに、映画評論家の焦雄屏《チャオ・シュンピン》の好意で楊徳昌《ヤン・ドゥチャン》の『牯嶺街《クーリンジェ》少年殺人事件』の三時間版を試写室で見ることができ、ちょっと背筋が寒くなるような興奮を覚えながら、一人でタクシーに乗って、東豊街に向かったのである。そこで侯孝賢《ホウ・シャオシェン》に会う約束をしていたからである。

台北の夕方のラッシュは、あの頃すでにいまの上海並みに激しかったので、たぶん一時間ぐらいかかったと思うが、目的の東豊街は、復興南路や仁愛路といったメイン・ストリートとは違って、車も少なければ、人通りもあまりなかった。そして、東京などでも時々見かけるような小さな公園が、置き忘れられたようにポツンとあったりするのだ。K茶房は、そのすぐそばだった。

造りは何風といったらいいのだろう。西洋風でもなければ中国風でもない、木造の大きな住宅を思わせる造りで、道路に面した側はガラス張り、扉を押して入ると板貼りの床のところどころに、籐の椅子とテーブルが間隔をあけて並べられている。一階では、お茶を飲ませると同時に、奥の壁際に茶器を並べて売っていたりもする。侯孝賢に会いにきたのだけれど、と店の女の人に告げると、案内してくれたのは、地下の片隅にある大きなテーブルだった。彼はそこで、例の人懐っこい笑顔を浮かべて待っていてくれたのだ。

あとで聞いたところでは、撮影に入っていないときは、侯孝賢はいつもここに来て、本を読んだり、人と会ったり、時にはシナリオを書いたりもしているという。テーブルの脇には、小さな手あぶりのようなものが置いてあり、そこにやかんがかかっている。そして、侯孝賢が時々こちらの茶碗にお湯を注ぎたしてくれる。そのあたりの気分は、カフェでお茶を飲んでいるというより、もう少しアット・ホームな、といって自分の書斎にいるというよりは、ちょっと外の空気の入り混じった不思議にゆったりした感じだったが、これはむしろ、この店と侯孝賢の関係がそんな雰囲気を作り出しているのだろう。

いま思えば、彼はそのときすでに、日本でも昨年（一九九三年）十二月下旬に公開された『戯夢人生《シームンレンション》』の準備を始めていたはずだが、まだシナリオの段階だったのだろう。それについて、とくに具体的な話も出なかったし、あとの食事の席に現れた作家の朱天文《チュー・ティエンウェン》からも、何も聞かなかった。ただ、何度もくり返し見たくなるような『戯夢人生』の一場面一場面に息づいているなんとも豊かな映画的な時間に触れると、これを見たあとのお茶は、ぜひとも、あの東豊街のカフェで味わいたいと思うのである。

うえの・こうし（一九四一〜）評論家。著書に『肉体の時間』『黄昏映画館』など。

43 サイゴンの夜はふけて

中田耕治

サイゴン河には、いつも砲艦「ナム・ヴィエト」（南越）が碇泊している。遠くミート方面や、ショロンから先にまるで花火のように光が散乱していた。朝から夜中まで砲撃がつづいている。ベトコンがすでにサイゴンを包囲しているという噂が流れていた。

連日、三十度を超す暑さに、ベン・バク・ダン（白藤河岸）のタマリンド、シュロヤシの巨木までが、何か倦怠のなかに浮遊しているようだった。

午後八時、まだ日ざしは明るいが、サイゴン市内はきゅうにあわただしくなる。

サイゴンの人たちが帰宅をいそいでいる。シクロと呼ばれる輪タク、タクシー、トラック。客がはみ出しているバス。さらにアメリカ兵のジープ、装甲車が疾走してゆく。

外出禁止（カーフュー）タイムが近づいている。

こんな時間にバーに寄って二、三杯のウィスキーをノドに放り込むことにしていた。

そのバー「ロッシニョル」は私の泊まっているホテル・マジェスティックから歩いて数分。外出禁止（カーフュー）タイムにひっかかっても、アメリカのMP（憲兵）やベトナム人の警官の誰何《すいか》をうけずに戻れる距離だった。

不思議なことに、この界隈のバーはどこも表のシャッターを半開きにしている。どこのバーも、朝からやっていて、内部《なか》はひどく暗かった。はじめて入ったときは眼がなれないので、手さぐりしながら、いちばん手近なカウンターに腰をおろした。

奥にはアメリカ兵が数人、ベトナムの女たちをはべらせてビールを飲んでいる。今朝、前線のデルタ地帯から戻ってきて、まっすぐこの酒場に飛び込んできたらしい。戦場の匂いを身につけて、眼ばかりギロギロした精悍な表情だった。

やがて、私のとなりに若いベトナム娘が寄ってきた。小柄な、ひきしまったからだを民族衣裳のアオザイに包んでいる。おとなしいホステスで、名前はニャット・フォン。漢字で書けば「日紅」になる。私はたどたどしいフランス語で彼女と話をした。

やがてシャッターを半分しか開けておかない理由を聞かされた。

サイゴンでは、しょっちゅう映画館やキャバレーで爆発が起きていた。バーもテロの対象になっている。手榴弾が投げ込まれた場合、入口付近にいた人は確実に死ぬという。それを聞いても私は奥のシートには移らなかった。ホテルに戻る時間だったから。

一九六五年。サイゴンでは政権の内部は腐敗し、指導者たちの確執や対立がつづき、ときどきクーデターが起きては、将軍たちの首がすげ替えられるのだった。

外出禁止（カーフュー）タイムのサイゴンは静かな寝息をたてながら、みじろぎひとつせずに寝入っているようだった。ホテルや、商店は静まり返って、汗ばんだ女の肌のような熱気がたちこめている。しかし、そのなかで、曳光《えいこう》弾が飛びかい、市内では眼に見えない戦争がつづいているのだった。

なかだ・こうじ（一九二七～二〇二一）評論家、作家。著作に『中田耕治コレクション』シリーズ、『ルイ・ジュヴェとその時代』など。

44　カフェ・ハノイ、平和の愉楽

樺山紘一

　ドイモイとよばれる改革・刷新の運動がはじまってから、ベトナムの空気はすっかり変化したようだ。抗米戦争の終結からもう二十年、自由化と成長にむけて自信にみちたあゆみが、しるされている。ハノイの大通りをバイクでゆくベトナム人は、みな晴れやかな顔つきで、かつての強面《こわもて》はどこにいったのかと、訝《いぶか》しげにおもったりする。

　アジアの喧騒を絵にかいたかのような南方ベトナムのホーチミン市にくらべれば、北のハノイはそれでもゆったりとした落ちつきがまさる。たとえば、もの憂い亜熱帯の夕刻のひととき。

首都のまんなかのホアン・キエム湖。湖畔の柳の枝を風がわたってくる。ベトナム将棋に興ずる老人たち。秋もさかりというのに、日中の陽射しは肌をやくよう。だが、さすがに夕暮れもちかづくと、ほっと一息いれて水の面にうかぶちいさな波紋を追いかけてもみる。

湖畔亭とでもいおうか。生ビールで喉をうるおすハノイ市民。じつは、正真正銘のビールではない。ビール色がついた炭酸水。わが国にもホッピーなる飲料があるが、いくらか似ている。しかも残念ながら、キュンと冷えているとはいきかねる。それでも、湖畔亭の椅子にこしかけて、ベトナムの秋風にふかれていると、湖岸周回路をめぐるはげしいモーター音など、とおくに去ってしまう。かつてフランス人が植民地首都を建設したころ、亜熱帯の酷暑をさけるべく、せめて水辺の涼風をと、このんで追いもとめたことであろう。

湖畔からものの二、三分。官庁街の一画に、ホテル・プルマン・メトロポールがある。官庁街といっても、ゆったりとした敷地にコロニアル風の邸宅。白亜にぬられて目にもまぶしい。かつてはそんな建造物のひとつであったが、リニューアルして、いまではハノイ随一の欧風ホテルとなった。フランス風よろしく、木造りの内装もゆかしい。こけおどしの威厳を極力ひかえたところが、安心感をさそう。

玄関を左にはいると、ひくい音波がひびいてくる。まぎれもなく一弦琴のかよわく、だが揺るがしがたい音色だ。名をおぼえそこなったのだが、ともあれカフェ・ハノイとでもよぼう。中庭に面してひろいガラス窓を配し、椰子の枝間からもれる日射は、ゆるい冷房でしずめられる。昼ならばここでフランス・コーヒーを、夜であればコニャックを一杯。

いつも、ベトナム音楽が相伴してくれるだろう。中国からマレー半島まで、ながく延びる民族音楽の共通の帯が、ハノイをとおる。楽器もメロディーもそしてリズムも、複雑な組み合わせをとってベトナムの音楽ができる。その音色にうっとりと聞きいり、ときにはふとまどろんでみてはいかが。ブーゲンビリアが、窓のそとで風にゆれる。

むろん、残念ながら、あらゆるベトナム人がすべてこのように、という訳にはいきかねる。まだまだ貧しい農村の国ではある。だが、かの東西対立はあらかた消失し、かっての抗戦の国は、いまや成長の国をめざす。わたしは、このカフェ・ハノイで平和の貴さをじっくりと噛みしめる。カフェとは平和の別名ではあるまいか。

かばやま・こういち（一九四一〜）西洋史学者。東京大学名誉教授。著作に『ゴシック世界の思想像』『エロイカの世紀』など。

45 ネスカフェの薄い広がり

いとうせいこう

カフェと言われて真っ先に浮かぶのが、ネスカフェのインスタントコーヒーなのだから、元来気取ったことには向かないのだろう。だが、実際僕は様々な国のカフェでインスタントコーヒーを飲んできたのだし、その度記憶に色濃く刻むことが多かったように思う。ただ、今それぞれの風景を思い返そうとしても、すべては断片的に去来するばかりだ。

例えば、タイの小さな島でよく休みを過ごしたものだった。食堂ともカフェともつかない場所に腰を下ろし、港をながめながらコーヒーを注文する。腹が減っていればチキンバーガーを追加し、裏庭から聞こえる鶏の声に眉をひそめる。こういう時、こぼれた砂糖がべとついたテーブルの上に出てくるのは、間違いなくネスカフェのインスタントコーヒーだ。そして、これがなぜか馬鹿らしいほどうまい。

ピピ島では確か、インスタントコーヒーの等級にしたがって値段が分かれていたし、フィリピンの小島では、わざわざ湯とインスタントの粉を別にして誇らしげに運んで来た。

日本人移民一世の老人とともにバンに乗り込み、南米ペルーを縦断している時も、途中で寄った小さな食堂で飲んだのはガラスのカップに入ったネスカフェだった。ホーチミンシティで現地の優秀な若者に出会い、ベトナムの現状を聞かされた時も、食後のコーヒーはやはりインスタントだったように思う。

どんなにおいしいコーヒーが穫れる国でも、貧しい地域の食堂に出かければ、こうしてネスカフェを飲むことになる。そして、僕はそれを嘆いたことがない。むしろ、〝ああ、ここも同じだ〟と不思議に懐かしく感じ、インスタントコーヒーが分布する自分だけの世界地図を思い浮かべるのである。

今から二十年ほど前まで、僕は伯父が持つ敷地の中に建てさせてもらった狭い家に住んでいた。日曜日になると伯父は我が家を訪ね、妹である私の母にコーヒーを作らせたものだった。少しハイカラなところのある彼は、その度ネスカフェの粉を少量の湯の中で練るように言った。練れば練るほどうまくなるというのが、彼の説だった。母はそれを信じて、いつまでも粉を練っていた。

ある種の貧しさを前提としたそのネスカフェは、いまだに僕の根底にある。だからこそ僕は、あちこちの国でインスタントコーヒーを供する店に出会う度、懐かしさに包まれながらその国の人の話に注意深く耳を傾けるのだ。まるで子供の頃の自分が、下町の小さな家の中で伯父や母の会話を聞いていたようにして。

ネスカフェがつなぐ僕の世界地図はしたがって、距離どころか時間を越えて形作られており、各地で聞いたそこはかとない話をあたかも神話のネットワークででもあるかのように結びつけている。

丁寧に煎られた豆から出来、洒落た会話に彩られたコーヒーの深い陰影よりも、同じような味と色でそっけなく出されるインスタントコーヒーの薄い広がりこそが、僕に世界の複雑さをしらしめるのである。

いとう・せいこう（一九六一〜）作家、クリエイター。著書に『想像ラジオ』『「国境なき医師団」を見に行く』『福島モノローグ』など。

46 遠い昔のカフェテラス

関川夏央

大連賓館《だいれんひんかん》は、その昔大連ヤマトホテルだった。いまも大連旧市街の中心、中山《ちゅうざん》広場の南端にたたずんでいる。

中山広場はかつて大広場《おおひろば》公園と呼ばれた。半世紀の歳月は流れても、広場の風景はかわらない。ただ名前だけがかわった。

円型の広場からは十本の道路が放射し、それぞれの角にひとつずつ重厚な建造物が配置されている。旧ヤマトホテルと正対するのは円蓋屋根をいただいた横浜正金銀行、現在の中国銀行である。旧英国領事館が幼稚園に、といった似ても似つかぬものへの流用もあるにはあるが、朝鮮銀行は中国人民銀行、逓信局は郵電局、市役所は市公通局と、半数が戦前とおなじ業務に供されている。

明治四十（一九〇七）年設立の満鉄は、その年のうちに大連ヤマトホテルを開業した。しかし、ロシア人がつくったダルニーホテルに手を加えたわずか十三室のホテルではとても実用に足らず、大広場公園に新築移転したのは大正三（一九一四）年八月だから、大連賓館は東京駅と同年齢である。

ルネサンス式四階建百十五室、当時九十万円を投じた大工事で、三十五歳で早逝した建築家、太田毅の代表作である。おなじくルネサンス式の奉天（瀋陽）ヤマトホテル、セセッション式の新京（長春）ヤマトホテルなど戦前の最先端建築は、みな若く野心的な建築家が植民地に建てた。

かつて大連ヤマトホテルのファサードにはカフェテラスがあった。アカシアの並ぶ大広場公園から海風がわたってくる。コーヒーカップを前にした若い男女が風に吹かれつつ憩う。戦後、大連育ちの小説家は愛情と懐旧の念をこめ、そんな光景をよく描いた。

日本人二十万、当時最大の植民都市だった大連の中流以上の市民は、満鉄社員をはじめとする知識層とその子弟だった。彼らは、内地の血縁社会から切断された、日本史上初の核家族群でもあった。長期的には不自然な空間ではあるにしろ、そこにはたしかに独特のモダニズムと、植民地的自由とでも呼ぶべきなにものかが存在したのである。

実は私には、大連市民としてこのカフェテラスの客になりたかった、というひそかな希望がある。初夏の大陸の風、恋人とのスノッブな会話、濃いフランス式のコーヒーと恭々《うやうや》しいウエイター、そういった古風な組合わせへの誘惑に駆られるのである。

大連賓館には何度も泊った。しかし、営業しているカフェテラスにはついに出会わなかった。

平成七（一九九五）年の夏、私は大広場で毎晩催されるソシアルダンスの大会を、かつてのカフェテラスの石造りの手摺《てす》りに腰掛け、両脚をぶらつかせながら眺める機会を得た。

それは不十分ではあるけれど、たしかに大連モダニズムの現代版であった。ただし、広場で華ばなしく群舞するのはむろん日本人ではなく、ほんものの大連市民たちであった。

せきかわ・なつお（一九四九〜）作家、評論家。著書に『ソウルの練習問題』『昭和が明るかった頃』『人間晩年図巻』など。

47 カフェ・コン・レチェ

杉山 晃

中米のパナマに来ている。仕事はきのうのうちにあらかた片付けてしまった。サンタ・マリア・ラ・アンティグア大学で講演し、政治家なのか学者なのかよくわからぬ学長とも夕食をともにした。若い学長の語り口はおそろしく長く、内容を把握するのに骨がおれた。途中から意味を追うのをあきらめ、適当に相づちをうって、蟹や海老を食べることに専念した。

いまはホテルの部屋の窓辺にすわり、暮れゆく太平洋を眺めている。バルボアは十六世紀の初めにこの海を見て、「南の海」と名づけた。きょうは湖のようにおだやかだ。パナマ運河を抜けてきた船が、音もなくゆっくりと海面をすべっていく。船尾を見ていると、どの船もかわいらしく、たよりなげだ。

　今朝はタクシーに乗って、パナマの旧市街へ行ってみた。きのうも近くを通ったので、だいたいの方角はわかっていた。パナマ市は小さな町だ。道路がやたらと広く、家並みが低い。それに、まだボンネットバスの全盛時代だ。赤や黄の派手なボンネットバスが煙をあげて走っている。旧市街の手前に、そうしたぴかぴかのボンネットバスが一台乗り捨てられていた。略奪にあったように、窓もドアもすべて開け放たれ、細長いシートがひとつ、開いた窓から突き出ている。ぬけるような青空の下で、どこかこっけいで、無残でもある。

　旧市街に足を踏み入れると、とつぜん空気が濃密になる。道路がぐんとせばまり、軒先にぼんやりと突っ立つ黒人の姿が目立つ。ちょっとこわいな、と思いながら迷路のなかに分けいる。バルコニーの張りだした家並みはコロニアル風で、おもむきはあるが、さびれていて、わびしい。玄関先の石段に腰を下ろした太ったおばさんが、しかめっつらのまま、じっとこちらを見ている。

ぼくは緑色のペンキのはがれかかった街角のカフェに入る。なかはほの暗く、ひんやりとしている。金属のテーブルと椅子が無造作にならび、マスターがカウンターのうしろで頬づえをついてラジオを聞いている。ぼくをチラッと見ただけで、動こうともしない。ぼくは奥のテーブルに坐り、大きな声でカフェ・コン・レチェをたのむ。

熱いコーヒーと牛乳が、別々のポットに入って出てきた。ぼくはそれを半分ずつカップにそそぐ。一口すると、さまざまな遠い記憶がよみがえってくる。マドリード、メキシコシティ、リマ……。

ラジオでは神父が『汝らは地の塩なり』の一節をひいて説教をはじめた。

その声が妙に熱っぽい。きょうは日曜日だったのだ。マスターは何やらうなってラジオのスイッチをひねる。するとざらざらした音につづいて、やわらかな凛とした歌声が流れてきた。ティト・ロドリーゲスかな、とぼくは聞き耳を立てる。ＤＪは、今日が彼の二十年目の命日だと言っている。甘くてのびやかな声が、うらぶれたカフェテリアをやさしく包み、あたりの空気がきらめきだす。マスターのしおれた身体にも生命力が吹き込まれていくようだ。ぼくは肩の力を抜いて、二杯目のカフェ・コン・レチェをそそぐ……。

すぎやま・あきら（一九五〇～）ラテンアメリカ文学者。清泉女子大学理事長。著書に『南のざわめき　ラテンアメリカ文学のロードワーク』『ラテンアメリカ文学バザール』など。

48　二十三番街でカフェを三杯

今福龍太

　夕暮れのハバーナ市街、とりわけ二十三番街の歩道にそって、揺れる椰子の木立と優美なコロニアル建築のあいだを目的もなく散策することの至上の幸福を、ぼくはキューバに行くたびにいつも実感してきた。灼熱に燃えながら街の空気を支配していた回帰線の下の太陽も、黄昏とともにゆっくりと、やわらかく歩行者の頬を打つ海からの涼風にその地位を譲り渡すので、日暮れ時のハバーナ市街は、カリブ海のあらゆる海岸都市が共有する僥倖《ぎょうこう》であるあのすずやかな湿り気を帯びた風によって充満することになる。この風と海の香りさえあれば、散歩に目的地はいらない。

ハバーナというコロニアル都市を散策するときの洗練されたガイドブックとして推薦できるものは意外に少ない。アメリカ人観光客の来訪が望めない場所には、いい案内書が存在しにくい、という皮肉な経済原理の結果なのか？　ともあれ、ハバーナ遊歩のための最良の伴侶は、結局ハバーナという都市の本質を描き尽くした文学作品、ということになる。たとえばアレッホ・カルペンティエールの『円柱の都市』。熱帯植民都市としてのハバーナが決定的にかかえる「バロック都市」としての建築的側面を、この長編エッセイは、その装飾的で華麗な文彩によってすみずみまで体感させてくれる。この本をたよりに、中央広場《プラーサ》の植民芸術博物館からスタートして旧市街のコロニアル建築と、アラベスク模様のバルコニーの連なりと、海岸通り《マレコン》の壮大な円柱の連なりを見て歩くのは楽しい。あるいはまた、ギリェルモ・カブレラ＝インファンテの自伝的小説『亡き王子のためのハバーナ』。この分厚い本を手掛かりに、作者が思春期のすべてを過ごしたと言ってもいい四〇年代のハリウッド映画が巡回していた当時の映画館の跡地を、アメリカ傀儡政権下のバチスタ独裁時代の幻を追いながら訪ね歩く、というのも刺激的な散策プランだ。

そうしたちょっと気取った文学的散歩は、しかしキューバのような国では、もっともらしい歴史的講釈や、作品に感情移入するひとりよがりの陶酔などとはまるで無関係だ。なによりも、散策をスタートさせる一杯のカフェの味が、そうした軟弱な文学趣味など吹き飛ばしてしまうからだ。闇の漆黒の色をし、徹底的に甘く、微細な褐色の泡《エスプーマ》を表面に漂わせた天上的なあのカフェ・クバーノ。キューバには「カフェ」という場所も空間もない。あるのは町角のスタンドで小さなエスプレッソ・カップに乱暴に注ぎ込まれる「カフェ」という飲み物だけだ。このあまりにも簡潔な事実が、ハバーナの街の散文的で快活な空気をほとんど決定づけている。五センタボのカフェ。最小の貨幣である一枚のニッケル硬貨をポケットから投げ出してバスにでも飛び乗るように、キューバ人たちは、町角のスタンドに数秒立ち止り、カフェを一息で飲み干してはまたおもむろに歩きだす。別に急ぐほどの用事もないが、かといってカフェテラスにすわりこんで詩集を前に深刻になる必要もない。人生のすべては、夕暮れのハバーナの海風が解決してくれるからだ。

　こんなふうにして、黄昏のハバーナの二十三番街を、ぼくは数ブロックごとにカフェを立ち飲みしつつ、無心にさまよい歩くのである。

いまふく・りゅうた（一九五五〜）文化人類学者。東京外国語大学名誉教授。著書に『クレオール主義』『ヘンリー・ソロー　野生の学舎』など。

49　私の「アメリカ・コーヒー物語」

末延芳晴

一九七三年七月。今、思い返しても異常に暑い夏だった。

ギラギラと照り付ける太陽の熱光線に汗みどろになりながら、私は、マンハッタンを北に南に、西に東にと朝から夜遅くまでひたすらに歩いた。初めて出会ったとてつもなく巨大な都市にひどく興奮しながら……。

金がなかったので、腹が空くと、屋台の果物屋でスモモを買っては食べた。歩き疲れ喉が乾くと、目は本能的に喫茶店を探し求める。レストラン風のコーヒー・ショップはあっても、ヨーロッパ風のカフェや日本的な感じの、こじんまりと薄暗く、冷房が利いた喫茶店はどこをどう探しても見付からない。仕方なく入ったブロードウェイのコーヒー・ショップのカウンターで飲んだアイス・コーヒーの味の薄かったこと。やたらとミルクと氷が入っていて、コーヒーの味は今にも消え入りそう。それでも、暑さと緊張でカラカラに乾いていた私の内部の隅々まで染み渡っていったアイス・コーヒーを、私は、「美味い……」と思った。そして、自分が、ある解放の感覚の中に蘇っていくのを実感していた。

　あれから、二十年余、私は、アメリカン・コーヒーを、一体、何杯飲んできたことになるのだろう。朝起きて、新聞を買いに出たついでに、角のコーヒー・ショップでドーナッツをかじりながらすする一杯。夜遅くオペラや映画を見終って、一人車をドライヴしながら黙念と飲むテーク・アウトのコーヒー。そして、南部や西部へのドライヴ旅行の途中、ハイウェイ脇のコーヒー・ショップで、眠気覚ましに飲んだ無数のコーヒー。その膨大な集積のどこを掘っても、コーヒーについて人が語ろうとする時と場と香りと味わいの濃密な出会いの物語は出てこない。それでも、毎日、朝、昼、晩と何杯飲んでも飽きないのは、あらゆるカフェの貴族的特権性を放棄したその無記号的特性が、二十年前、ウォール街のど真ん中で日本企業のエリート駐在員相手に弁当配達の肉体労働をしながら、全くの無記号者として零《ゼロ》から生活をやり直した私自身の生の解放体験と重なるからなのだろう。

食べ物や飲み物の文化があんまり洗練され過ぎると、味覚の記号の権力化が生じ、文化の健全性と新しい芸術創造のエネルギーが損なわれる。アメリカン・コーヒーの層の浅さ、洗練の欠如、そして無記号的な平準性はアメリカの芸術的創造力のバロメーターでもある。ルー・リードもマイルス・デイヴィスもアンディ・ウォーホールも、そしてレイモンド・カーヴァー、フィリップ・グラス、キース・ヘリング、ピーター・セラーズ、フランク・ザッパ、ローリー・アンダーソン、ジェニー・ホルツァー……、みんなあの出がらしのお茶のように薄いアメリカン・コーヒーを紙コップに入れて飲みながら、「仕事」をしてきたのだ。

　味覚の無記号性の上に形成される、自由なる精神と感性の共同体。一杯六十セントでだれもが手軽に手に入れることの出来る、そのコレクティヴな解放の時空こそ、彼らアメリカの芸術家の創造的直感とエネルギーの源泉と言えよう。そう、そして、私自身も、一杯のアメリカン・コーヒーによって精神を解放の時空に解き放つことで、幾つもの「仕事」の山を越えて来たのだ。

　いつか、私は、私自身の「アメリカ・コーヒー物語」を書いてみたいと思っている。

すえのぶ・よしはる（一九四二〜）作家、評論家。著書に『メトロポリタン歌劇場』『森鷗外と日清・日露戦争』『正岡子規、従軍す』など。

50　グリニッチ・ヴィレッジのカフェ

安西水丸

はじめてニューヨークへ行ったのは一九六九年の冬で、ぼくはその後の二年間をマンハッタンで暮した。職場は四十二丁目のブライアント・パーク前のビルにあって、タイムズ・スクエアもエンパイヤー・ステート・ビルもすぐ近くだった。仕事は夕方六時きっかりに終わるのであとは暇をもてあますことが多かった。そんな時はよく五番街をてくてくとグリニッチ・ヴィレッジまで下った。平日でも日曜日でも、よくグリニッチ・ヴィレッジへは出かけた。まだソーホーも今のようなギャラリーの街になっていなかった頃だ。

バスや地下鉄もいいけれど、マンハッタンはやはり歩いた方がいい。五番街を下って行くと、二十三丁目でブロードウェイと交差する。交差した角にニューヨーク最古の高層ビルと言われるフラット・アイアン・ビルがあり、前方にワシントン・スクエアが見える。

ぼくが歩き疲れた足を休めるのは、いつもブリーカー・ストリートと、マクドゥガル・ストリートの角にあるカフェ・フィガロだった。ここのテラスで、あまり食べたくないサンドイッチを注文しコーヒーを飲む。

どうしてあまり食べたくないと書いたのかというと、ニューヨーク（アメリカはどこでもそうだとおもうが）の場合、コーヒー・ショップとかカフェと名の付くところは、日本でいうコーヒー専門店や喫茶店ではなく、軽食屋のことなのだ。はじめは喫茶店のないニューヨークに面喰《めんくら》ったが、慣れてくれば、なにか軽い食べ物を取ってゆっくりとコーヒーが飲める点で、日本の喫茶店などより楽しい気分が味わえる。たとえばサンドイッチが食べきれなければテイク・アウトにもしてくれるし、コーヒーは何杯でも（そんなに飲めるものではないが）おかわりができる。

カフェ・フィガロのテラスの椅子に腰を下ろし、通りを行く人たちをぼんやり眺めるのは楽しかった。春から秋にかけてのグリニッチ・ヴィレッジは一番カフェの楽しみが味わえる。

カフェ・フィガロを一ブロック北に歩くと、左手にヴィレッジで一番古いカフェ・レッジオがある。店内の説明によると一九二七年の開店らしい。ここにはあまり一人では入ったことがなく、ニューヨークの友人といっしょの時や、日本からやって来た友人などを案内して入ることが多かった。経営者がイタリア系なのか、店内に流れる曲や壁の絵画はイタリアの古典派といった感じだった。ここのカプチーノの味は忘れられない。一度ロバート・レッドフォードらしき人を見かけたけれど、果たして本物であったか、どうも自信がない。客もあまり騒いでいなかったし、もしかしたらよく似た人かもしれない。それとは別に、数年前、マジソン・アヴェニューのカフェでロイ・シャイダーを見かけたけれど、あれは絶対に本物だった。

ニューヨークではカフェ派よりもどちらかというとバー派だったが、長い冬の去ったニューヨークのカフェのテラスでのことは今でも時々思い出す。カフェ・フィガロへはニューヨークへ出かける度に立ち寄っている。

あんざい・みずまる（一九四二〜二〇一四）イラストレーター、作家。著書に『メランコリー・ララバイ』『ちいさな城下町』絵本『がたんごとんがたんごとん』など。

編集付記

一、本書は『想い出のカフェ　ドゥマゴからの贈り物』（井上俊子編　一九九四年　Bunkamura刊）『想い出のカフェ2　ドゥマゴからの贈り物』（井上俊子編　一九九六年　Bunkamura刊）の収録作品から採録し、新たにまえがきを付したものです。

一、本書で取り上げている店舗の住所、商品価格等の情報は発表当時のものです。

一、本文中、明らかな誤植と考えられる箇所は訂正しました。

一、本文中、今日の人権意識に照らして不適切な語句や表現が見られますが、発表当時の時代背景と作品の文化的価値を考慮して、底本のままとしました。

中公文庫

世《せ》界《かい》カフェ紀《き》行《こう》
――5分《ふん》で巡《めぐ》る50の想《おも》い出《で》

2023年2月25日　初版発行
2023年12月30日　3刷発行

編　者　中《ちゅう》央《おう》公《こう》論《ろん》新《しん》社《しゃ》

発行者　安部順一

発行所　中央公論新社
〒100-8152　東京都千代田区大手町1-7-1
電話　販売 03-5299-1730　編集 03-5299-1890
URL https://www.chuko.co.jp/

DTP　ハンズ・ミケ
印　刷　三晃印刷
製　本　小泉製本

Published by CHUOKORON-SHINSHA, INC.
Printed in Japan　ISBN978-4-12-207324-1 C1195

各書目の下段の数字はISBNコードです。978-4-12が省略してあります。

中公文庫既刊より

ち-8-1
教科書名短篇 人間の情景
中央公論新社 編
司馬遼太郎、山本周五郎から遠藤周作、吉村昭まで。人間の生き様を描いた歴史・時代小説を中心に中学教科書から厳選。感涙の12篇。文庫オリジナル。
206246-7

ち-8-2
教科書名短篇 少年時代
中央公論新社 編
ヘッセ、永井龍男から山川方夫、三浦哲郎まで。少年期の苦く切ない記憶、淡い恋情を描いた佳篇を中学教科書から精選。珠玉の12篇。文庫オリジナル。
206247-4

ち-8-9
教科書名短篇 家族の時間
中央公論新社 編
幸田文、向田邦子から庄野潤三、井上ひさしまで。かけがえのない人と時を描いた感動の16篇。中学教科書から精選する好評シリーズ第三弾。文庫オリジナル。
207060-8

ち-8-10
教科書名短篇 科学随筆集
中央公論新社 編
寺田寅彦、中谷宇吉郎、湯川秀樹をはじめ、岡潔、矢野健太郎、福井謙一、日髙敏隆七名の名随筆を精選。国語教科書の名文で知る科学の基本。文庫オリジナル。
207112-4

ち-8-3
考えるマナー
中央公論新社 編
悪口の言い方から粋な五本指ソックスの履き方まで、大人を悩ますマナーの難題に作家十二人が応える秀逸な名回答集。この一冊が日々のピンチを救う。
206353-2

ち-8-4
楽しむマナー
中央公論新社 編
粋なおごられ方から成仏の方法まで、作家や科学者13人が大人の悩みをするっと解決！ しんどい心のコリに効く、楽しいマナー考。（『マナーの正体』改題）
206392-1

ち-8-6
富士日記を読む
中央公論新社 編
小川洋子、苅部直、平松洋子、村松友視各氏による書き下ろしエッセイと、各紙誌に掲載された書評を収録。写真多数、文庫新版に対応する人物索引を付す。
206789-9

各書目の下段の数字はISBNコードです。978－4－12が省略してあります。

つ-3-30　完全版　若き日と文学と　辻　邦生／北　杜夫

青春の日の出会いから敬愛する作家、自作まで。親友の二人が闊達に語り合う。ロングセラーを増補、全対談を網羅した完全版。〈巻末エッセイ〉辻佐保子

206752-3

い-111-4　ちいさな桃源郷　山の雑誌アルプ傑作選　池内　紀編

一九五八年に串田孫一と仲間たちが創刊した山の文芸誌『アルプ』。伝説の雑誌に掲載された傑作山エッセイをここに精選。〈編者あとがき〉池内　紀

206501-7

く-11-7　蕭々館日録　新装版　久世　光彦

蕭々館で夜ごと繰り広げられる幸福な時間。芥川龍之介、菊池寛、小島政二郎、三人の作家をモデルに綴る傑作長篇。泉鏡花賞受賞作。〈解説〉久世朋子

207188-9

す-24-1　本に読まれて　須賀　敦子

バロウズ、タブッキ、ブローデル、ヴェイユ、池澤夏樹……。こよなく本を愛した著者の、読む歓びが波のようにおしよせる情感豊かな読書日記。

203926-1

せ-9-1　寝台急行「昭和」行　関川　夏央

寝台列車やローカル線、路面電車に揺られ、懐かしい場所、過ぎ去ったあの頃へ。昭和の残照に思いを馳せ、含羞を帯びつつ鉄道趣味を語る、大人の時間旅行。

206207-8

せ-9-2　汽車旅放浪記　関川　夏央

『坊っちゃん』『雪国』『点と線』……。近代文学の舞台となった路線に乗り、名シーンを追体験する。鉄道と文学の魅惑の関係をさぐる、時間旅行エッセイ。

206305-1

よ-15-9　吉本隆明　江藤淳　全対話　吉本　隆明／江　藤　淳

二大批評家による四半世紀にわたる全対話を収める。『文学と非文学の倫理』に吉本のインタビューを増補し改題した決定版。〈解説対談〉内田樹・高橋源一郎

206367-9

よ-15-10　親鸞の言葉　吉本　隆明

名著『最後の親鸞』の著者による現代語訳で知る親鸞思想の核心。鮎川信夫、佐藤正英、中沢新一との対談を収録。文庫オリジナル。〈巻末エッセイ〉梅原　猛

206683-0

よ-33-6

養老孟司の幸福論 まち、ときどき森

養老孟司

まちに集中する人ともの。このままで本当に良いのだろうか……？ 現代人に警鐘をならし、ユニークな視点でほんとうの豊かさを考え直す、養老流の幸福論。

206140-8

よ-48-1

ぶるうらんど 横尾忠則幻想小説集

横尾忠則

生と死のあいだ、此岸と彼岸をただよう永遠の愛。泉鏡花文学賞受賞の表題作に、異国を旅する三つの幻想奇譚をあわせた傑作集。〈解説〉瀬戸内寂聴

205793-7

あ-95-1

嵐山光三郎セレクション 安西水丸短篇集

左上の海

安西水丸

夢と現実の交錯と突然の別れを描く表題作のほか、イラストレーターならではのまなざしで切り取った愛の風景を綴る十二篇を収録する。〈解説〉嵐山光三郎

207073-8

わ-25-3

青豆とうふ

和田誠
安西水丸

一つの時代を築いた二人のイラストレーターが、互いの文章と絵をしりとりのようにつないで紡いだエッセイ集。カラー画も満載！〈文庫版のあとがき〉村上春樹

207062-2

う-30-1

「酒」と作家たち

浦西和彦 編

『酒』誌に掲載された川端康成ら作家との酒縁を綴った三十八本の名エッセイを収録。酌み交わし、飲み明かした昭和の作家たちの素顔。〈解説〉浦西和彦

205645-9

う-30-3

文士の食卓

浦西和彦 編

甘いものに目がなかった漱石、いちどきにうどん八杯を平らげた「食欲の鬼」子規。共に食卓を囲んだ家族、友人、弟子たちが綴る文豪たちの食の風景。

206538-3

た-28-17

夜の一ぱい

田辺聖子
浦西和彦 編

友と、夫と、重ねた杯の数々……。四十余年の長きに亘る酒とのつき合いを綴った、五十五本のエッセイを収録、酩酊必至のオリジナル文庫。〈解説〉浦西和彦

205890-3

た-33-21

パリ・旅の雑学ノート カフェ／舗道／メトロ

玉村豊男

在仏体験と多彩なエピソードを織り交ぜ、パリの尽きない魅力を紹介する。'60～'80年代のパリが蘇る、ウィットとユーモアに富んだ著者デビュー作。

205144-7

各書目の下段の数字はISBNコードです。978－4－12が省略してあります。

た-34-4
漂蕩の自由
檀 一雄
韓国から台湾へ。リスボンからパリへ。マラケシュで迷路をさまよい、ニューヨークの木賃宿で安酒を流し込む。「老ヒッピー」こと檀一雄による檀流放浪記。
204249-0

た-34-6
美味放浪記
檀 一雄
著者は美味を求めて放浪し、その土地の人々の知恵と努力を食べる。私達の食生活がいかにひ弱でマンネリ化しているかを痛感せずにはおかぬ剛毅な書。
204356-5

は-79-1
喫茶店文学傑作選
林 哲夫 編
多くの作家・芸術家を魅了し、作品の舞台、創作の淵源、彼らの交友の拠点となった「喫茶店」。短篇小説、エッセイから、喫茶店文化の真髄に触れる。文庫オリジナル。
207420-0

み-24-1
旅は俗悪がいい
宮脇 檀
建築家の好奇心おもむくままの海外旅行記。毎年仕事で海外に国内に旅行すること百数十日。トラブルをも楽しむ好奇心いっぱいの俗悪的旅行術教えます。
201573-9

よ-5-8
汽車旅の酒
吉田 健一
旅をこよなく愛する文士が美酒と美食を求めて、金沢へ、そして各地へ。ユーモアに満ち、ダンディズムが光る汽車旅エッセイを初集成。〈解説〉長谷川郁夫
206080-7

よ-17-9
酒中日記
吉行淳之介 編
吉行淳之介、北杜夫、開高健、安岡章太郎、瀬戸内晴美、遠藤周作、阿川弘之、結城昌治、近藤啓太郎、生島治郎、水上勉他——作家の酒席をのぞき見る。
204507-1

よ-17-10
また酒中日記
吉行淳之介 編
銀座や赤坂、六本木で飲む仲間との語らい酒、先輩たちと飲む昔を懐かしむ酒——文人たちの酒にまつわる出来事や思いを綴った酒気漂う珠玉のエッセイ集。
204600-9

わ-25-4
旅の絵日記
和田 誠
平野 レミ
レミさん和田さんが息子二人と旅に出た。フランス・スペイン・モナコ・イタリアを巡った一九八九年の夏休み。たくさんの絵と愉快な文章に心はずむ旅の記録。
207159-9